村上春树
むらかみはるき
美食
하루키 레시피

[韩] 车侑陈 著
刘雅恩 译

台海出版社

北京市版权局著作合同登记号：图字 01-2019-7195

图书在版编目（CIP）数据

村上春树·美食/（韩）车侑陈著；刘雅恩译 . --
北京：台海出版社，2020.6（2024.7 重印）
ISBN 978-7-5168-2510-5

Ⅰ.①村… Ⅱ.①车… ②刘… Ⅲ.①散文集—韩国
—现代 Ⅳ.① I312.665

中国版本图书馆 CIP 数据核字（2019）第 278487 号

村上春树·美食

著　　者：［韩］车侑陈　　　　　　译　　者：刘雅恩

出 版 人：薛　原　　　　　　　　　责任编辑：俞滟荣

出版发行：台海出版社
地　　址：北京市东城区景山东街 20 号　邮政编码：100009
电　　话：010-64041652（发行、邮购）
传　　真：010-84045799（总编室）
网　　址：www. taimeng. org. cn/thcbs/default. htm
E － mail：thcbs@126. com

经　　销：全国各地新华书店
印　　刷：大厂回族自治县德诚印务有限公司
本书如有破损、缺页、装订错误，请与本社联系调换

开　　本：620 毫米 ×889 毫米　　　1/16
字　　数：131 千字　　　　　　　　印　　张：13
版　　次：2020 年 6 月第 1 版　　　印　　次：2024 年 7 月第 5 次印刷
书　　号：ISBN 978-7-5168-2510-5

定　　价：59. 00 元

目 录

HARUKI RECIPE

第 1 章 胖孙女，走进村上春树的厨房

感受活着的日子，以村上春树的方式 /003
站在餐桌边吃的三文鱼和冷饭

即使奇特、怪异、空虚，也无所谓 /009
1997 年的村上聚会和艺女意面

"不期望他人的理解"的傲慢 /017
喜欢村上应该是怎样的状态

第 2 章 对自己的人生负责

有时我们需要可以胡闹的朋友 /025
盛夏的炖牛肉，以及冰块在玻璃杯中破碎的轻响

增加的体重是空虚与不安的重量 /035
刚出锅的炸甜甜圈和咖啡

"没有爱，世界就如同窗外吹过的风" /045
放有火腿、黄瓜和起司的胖孙女三明治

用活泼代替悲伤的女人的料理 /053

热气腾腾的家饭配简单小菜

自我放松法之"先休息吧"/061

真正的夏威夷汉堡：多汁肉排配洋葱和酱料

无法轻易越过充满苦痛和妨碍者的关口 /071

想成为大人的小女孩零食：勃朗峰蛋糕

迎接新的家庭成员 /081

家常菜、花蛤酱汤和可乐饼

我写过的无数封信，都去哪里了 /089

极普通的汉堡牛肉饼

第 3 章　没有美食与音乐的世界，一定很无聊

村上春树西餐厅 /101

爵士乐酒吧与简单西餐

村上春树的面条之路 /105

冷面、意面、乌冬面和荞麦面

什么时候的豆腐最好吃 /111

从豆腐小贩那里买来的豆腐

韩国女人对英国料理的长篇大论 /115

英国只有暗黑料理吗

村上曾是家庭主夫 /121

居家生活也不错

挑食主义者和永远的运动者 /127

只要坚持运动，就可以维持运动开始的状态

村上春树遇上威士忌 /131

最接近灵魂、最能释放情感的酒

承载了瞬间回忆的音乐 /137

无法用语言形容的悸动

你的背景音乐是什么 /145

从披头士到雅那切克的交响曲

第 **4** 章　路上的晚餐，跟着村上春树走

旅 /151

遇见百分之百的村上春树

"这就是风雅！" /159

村上春树说波士顿很特别

到世界各地去游览 /163
哪里最适合写作

村上春树的 PETER CAT/169
在厨房里写故事

一个伟大作家的起点 /173
作为见证的神宫前邮局

村上春树决心成为作家的瞬间 /181
神宫球场的二垒打

"火热的东西也不坏" /185
高岛屋百货商店

《挪威的森林》主人公们的散步路 /189
故事从四谷站开始

神户之行 /193
遇见兔子亭可乐饼

后 记 /200

第 1 2 3 4 章
▲

胖孙女
走进村上春树的厨房

感受活着的日子，以村上春树的方式

/////

站在餐桌边吃的三文鱼和冷饭

站在餐桌边吃的三文鱼和冷饭

吃饭和烹饪是村上作品中必不可少的要素。在他的小说中，登场人物往往擅长烹饪各种料理，在吃饭这件事上也很认真。村上春树经营过一家爵士乐酒吧，可以说，他笔下那些擅长料理的男主人公直接反映了他自己的烹饪手艺和对美食的喜好。

仅限于小说吗？当然不是。他的随笔中也有不少关于美食的故事。他通过交叉描写旅行地的特色菜品和日常料理，使得旅行地的陌生感与平凡的自我世界得以相互融合。希腊斯派采斯岛上用柴火烤制的沙丁鱼、只用酱油和大葱简单烤制的牛排、体验过罗马传统市场的喧哗热闹后站在餐桌边吃的三文鱼和冷饭，还有清口的豆腐……每每读到这些故事，我都忍不住咽口水。

每次阅读村上的作品，我都会有新的收获，特别是对料理这件事。所谓的好书大概就是这样吧。初读村上作品，我总是跟着故事的主线，将注意力放在事情的前因后果上；再次阅读时，则更偏向于寻找引起我共鸣的内容，以及未曾注意到的美食与文字巧妙结合的部分，而这让我对登场人物和背景有了不一样的认识。

许多作家都喜欢通过美食进行隐喻。而村上笔下的主人公们所经历的，是再现实不过的事情，是我们每天都在经历着的活生生的现实。正因为美食这件日常小事，村上的作品才更具真实感。无论是为了抵达另一个世界而进入永久沉睡之前，还是借助下水道进入地下的那一刻，抑或是给朋友寄信后独自在冬季的别墅等待的时候，甚至是在那些看似作为正常人根本无法进食的环境下，村上笔下的主人公们依旧或狼吞虎咽，或正在不停地烹饪。有人认为，他们如此热衷于美食，是为了填补空虚，为了证明自己还活着。我却觉得，村上春树是在借助美食告诉我们，他所创造的幻想世界、门槛和井水等虚幻的事物，与我们的现实有着紧密的联系。正是这些热衷于美食的主人公，让那些看似荒诞的情节变得真实，仿佛此时此刻正在发生似的。阅读这些作品时，我常常有种感觉——说不定什么时候，也许就在我把饭泡进汤里时，或者在我细嚼慢咽时，就有什么事情发生了，诸如"电视人"闯入，或是阔别多年的朋友突然打来电话，第二天又再次神秘消失等。如果曾和那位朋友一同分享过某道特别的美食，那么这种感觉就会尤其强烈。我们通过美食的故事，沉浸在村上的文字里。

村上春树通过美食，将他的读者变成了作家。吃饭、运动，以及其他一些被忽视的小日常，在他的笔下被打造成了特别的时刻或特殊的场所。阅读村上的文字，我总忍不住将他的生活和自己的生活进行比照。于是，原本枯燥乏味的生活，成了专属于自己的独特生活。我也开始学着思考和记录某些瞬间。

村上用小说和随笔，让那些瞬间变成了文字，而他的读者，则从他身上切切实实学会了如何将平凡单调的日常变成有趣且充满魅力的艺术。

做饭和吃饭，再简单不过的小日常，村上春树无非是将这两件琐事记录下来，为什么会有那么多人爱上他的文字呢？日本有个"村上春树书友会"，把村上作品中出现的美食摘录出来，集成一本食谱（当然，这些食谱并非村上的独创，该食谱韩文版翻译为《村上春树走进我的厨房》）。在村上经常去的国立纪伊国屋超市附近，有一间咖啡店，专卖他书中的美食。可惜我因为时间紧迫，加上忘了具体地址，此次东京之旅未能去成。

作为村上的忠实书迷，我曾发誓要写一写关于村上的文章。2000 年，村上出版了和爵士乐相关的随笔集《爵士群像》，那时我正在一家爵士乐杂志社当记者，于是计划写他和音乐有关的故事。但那只是我的一个初步想法，尚未付诸行动，我就于 2001 年离开了杂志社，并走上了烹饪之路。而后，我决定要写村上作品中出现的美食故事。

2009 年，我终于完成了《在胖孙女的厨房里写作》

《爵士群像》：彩图传记集，介绍了当代一批美国爵士乐手。每个小传都配有爵士乐手的画像及其成名唱片的封套照片，并附有村上个人对其音乐的感悟。——译者注（若无特殊说明，本书注释皆为译者查注）

一书，第一章写的是《世界尽头与冷酷仙境》中胖孙女制作的、涂有自制蛋黄酱的黄瓜三明治。而这本书中的村上美食完全是按照我个人喜好选定的。也许正好你也喜欢，也许你曾经只是一带而过。当然，也许还有一些美食，你留意到了，却被我遗漏了。总之，这只是一个喜欢村上的女料理人根据个人偏好而写的小文章。如果正好能被喜欢村上的你所喜欢，那么，我们可以跨越国界，在美食面前相遇，一起聊聊村上，聊聊他的文字和生活。

即使奇特、怪异、空虚，也无所谓

/////

1997 年的村上聚会和艺女意面

1997 年的村上聚会和艺女意面

2012 年 1 月 16 日清晨，我登上了飞往济州岛的班机。从决定写这本书开始，我就一直在计划这次旅行。

有一个非见不可的朋友就住在济州岛。

宗真哥以网名"李潭"而被大家所熟知，他在济州岛的山泉潭经营着一家"微风咖啡店"。1997 年，我首次参加线上组织的村上春树小型聚会，就此认识了他。当时，部落里大部分成员都是二十几岁的学生，他是唯一已经工作了的"大人"，我记得心里是有些怕他的（当然，聚会时大家都玩疯了，就算我说怕他，他也不会相信吧）。那时我上大学四年级，准备退学，但始终想不到办法说服父母。于是，我开始通过网络认识形形色色的人——加入各种音乐部落，还有我最关注的广告部落。那次村上春树小型聚会的消息就是我在网上闲逛偶然发现的。

这个聚会和其他兴趣部落一样，每周进行一次小小的闪电聚会，也有长期活动和在线夜聊。如果非要说有什么不同的话，那就是其留言板块比我加入的其他兴趣部落有趣得多。这里有比较严肃的留言板块，用来发表大家对村上作品的一些解读，很多观点深刻而专业，使我学到了不少东西。但让我觉得有趣的是自由留言板块。痴迷于村上作品的书友们有的用短篇小说的形式，有的模仿村上的文风，乐此不疲地述说着自己的生活和故事。每次提笔，我都会有种既神奇又生涩的感觉。村上的文字总是能够瞬间打动年轻的我们。我们不仅阅读村上的文字，也活在他的文字中。

那时的我们，为什么会如此确信世界正在与我们背道而驰呢？为什么总感觉所有的烦恼都压在自己身上？又为什么非要强行推掉这份负担呢？我每天读着其他会员的文章，虽然现在想不起具体内容了，但记得大多在发泄自己的不满（也包括我自己）。年轻的我们沉浸在自我世界中顾影自怜，但村上春树书友部落的特点就是无条件接纳，没有人会嘲笑这些牢骚或戏弄彼此的落魄。无论看起来多么不正常的事情，无论听上去多么虚幻的东西，在这里都会被接受。那些令人无奈的现实，满目疮痍的爱情，抑或偏离常规的事情，都能在这里找到认可，至少对于当时二十岁还一事无成的我来说，这里就是一个可以让心灵停靠的港湾。

在留言板块发表文章之前，我们都会选择自己最中意的村上小说中的人物为昵称。就特质而言，我觉得自己和《挪威的森林》中的绿子以及《且听风吟》中那个只有九根手指的女人最像——我们都会毫无忌惮地开黄腔，有着大大咧咧的性格，而且很会做饭，也喜欢做饭。

不同的是，她们的年龄虽在增长，但纤细的腰身却始终没有变化，穿上超短裙，还能露出足以吸引所有男孩的美腿。一句话，她们都是美女，而我不是。尽管我也算凹凸有致，但就看腰的话，我是绝对配不上"绿子"这个名字的。所以，我的昵称没敢写"绿子"。也没有人用《舞！舞！舞！》中的雪来做自己的昵称。这两位是所有书友最喜欢的人物，谁都不敢独占。

和大家讨论给自己起什么名字好时，"影子"突然说话了："就叫《世界尽头与冷酷仙境》里那个胖孙女吧。你不就是胖孙女 itself 嘛！"（他真是这么说的）透过电脑屏幕，我似乎听到了比阿基米德高喊尤里卡时更加热烈的欢呼声。同意我叫"胖孙女"的回复迅速出现在对话框里。借此机会，我又重读了《世界尽头与冷酷仙境》。不得不承认，喜欢穿粉红色衣服、擅长做三明治、虽"圆鼓鼓地胖"但脸蛋很漂亮的老博士的胖孙女的确和我有一点相像。尽管我从小就没穿过粉红色衣服，爷爷在妈妈嫁过来以前就去世了，但我确实很胖（虽算不上"圆鼓鼓地胖"），也对男人充满了兴趣，还很喜欢烹饪，而且我自认为脸蛋儿还算漂亮。

为了 1997 年的毕业展示会，我在加入村上春树

尤里卡：古希腊语，意为"好啊！有办法了！"据说阿基米德在洗澡时突发灵感，终于想到了解决浮力计算问题的办法，因而惊喜地高喊"尤里卡"，自此发现了阿基米德定律。

书友部落之前就进行了大量阅读。我打算用染料和针线绘制一幅地图，主题就是《世界尽头与冷酷仙境》的两个世界。这是我最喜欢的村上作品。如此看来，我用"胖孙女"之名似乎是命中注定的。于是乎，1997年春天，我成了"胖孙女"，并且一直到现在，依旧被大家叫作"胖孙女"。我每年至少要对新认识的朋友解释五十次我为什么会叫这个名字。

加入书友部落不久，我们举行了一场"村上式"的通宵聚会。和现在不同，彼时想要租一个场地用于聚会是比较困难的。我们费了很大劲儿才租到位于惠化洞的天主教神学院（加图立大学其中一个校区）对面的一家陈旧的咖啡店。那场聚会中，我们学着村上春树，在意面里加啤酒。负责做意面的就是我。事实上，除了我没有人喜欢烹饪，也没有人在家里做过意面（那会儿意面不像现在这么流行，面和酱料的种类也不多）。我跑到梨泰院才买到意面，自己准备了番茄、番茄酱、番茄沙司（天啊！）制作酱料。拌面的黄油和撒在意面上的芝士粉也是买的。你问我怎么没买罗勒？那时我只认识月桂树叶。

相似的一群人——准确地说，是性格与生活方式虽不同，却喜欢同一样事物的一群人聚到了一起。我们一起做饭，然后喝着酒彻夜长谈。即便是现在，这也不是件容易的事。

在狭小的厨房里，我用一口小锅煮意面，反复煮了四回。然后一点一点沥干，再将黄油与意面搅拌在一起，放入锅内翻炒。我还记得面有点糊了。后来因为没有控制好火候，番茄酱的口感偏酸。虽然我自己不是很满意，但其他人吃得很香。冰凉爽口的啤酒，配上其他书友烤的鱼片，以及我做的意面，真正的年轻人的口味。背景音乐则从涅槃乐队到迈尔士·戴维斯无所不包。我喜欢听爵士乐，还带了两三张大家都喜欢的派特·迈锡尼的 CD。

那年，我刚二十岁。或许是因为记性好，加上对任何事都充满好奇，当晚的聚会就像照片一样，直到现在还清晰地留在我的脑海里。

我和大部分书友都相处得很愉快，还和其中几个一直保持着联系。有个女生和我家住得比较近，她几乎每天都会叫我一起去喝鸡尾酒。现在她已经是两个孩子的母亲，生活很幸福。还有一个和我非常要好的哥哥，我们曾一度失去联系，没想到当他听说我要开超市的时候，突然赶来为我庆贺。我们以前经常一起喝闷酒，说"人情这东西太不真实"之类的话。我们不需要太多言语，或许正是那种默契，使我们在很长一段时间里都无法忘记对方。

一晃十几年过去了，我们都不再是当年的我们。我们一起幼稚过，迷茫过，孤独过，假装冷漠过，如今过尽千帆，终有所成长。我和那位哥哥已经很久没有联系。听说他辞掉了杂志社的工作，独自去了济州岛，开了一家咖啡店，亲自炒咖啡豆，做蛋包饭。此次济州岛之行，就是为了和这位哥哥小聚。

去往机场的路上，我顺道去超市买了几种意面食材。那是我们共同的记忆，无论这些年各自都经历过什么，看到意面就像看到了十多年前的我们。同时，新的意面也将创造新的记忆。我准备了两天一夜旅行所需的东西，又带了些罐装番茄、黑橄榄、蒜和罗勒。没有人会在旅行箱里塞这些东西吧？坐在飞机上想着想着，我不禁笑起来。

和预想的一样，旅行很普通。天色有些迷蒙，周边的景色仿佛镶嵌在云里。宗真哥的咖啡店很舒适，还有很多胖乎乎的温顺的猫咪。我们聊天、回忆、喝咖啡，虽不像十多年前那样亲密，却也度过了轻松而愉快的一天。

喝过咖啡，我走进厨房。这里比当时租借的那家咖啡店的厨房大不了多少。我做了艺女意面。这名字有些奇怪，听说是应召女郎发明的意面。番茄酱中带着浓浓的鳀鱼味，使得这份意面与整座岛的景色相得益彰。那天的意面很成功，我们喝掉了两瓶红酒，又去了离我住的宾馆很近的一家日式居酒屋继续喝，然后像以前一样默默道别。第二天早上，我独自参观了五日场，中午在微风咖啡店吃了宗真哥亲手做的蛋包饭，还得到了一包他亲手炒制的咖啡豆。这就是这场短暂旅行的全部。

就像十多年前一样，我们无条件地接受了彼此陌生的一面。岁月流逝，即使不再聊村上和村上的文字，我们也清楚地记得，在某一段时间，我们曾经喜欢过同一样东西。

自制艺女意面

◇◇ **材料（四人份）**

橄 榄 油：	3 勺
黑 橄 榄：	1 杯
罐头鳀鱼条：	10 条
酸 豆：	1 勺
西 红 柿：	1 磅
蒜：	2 瓣
辣 椒 粉：	适量

当然，还有主角意面！推荐用细扁的 linguine。

◇◇ **做法（超简单）**

1. 备用：将黑橄榄、酸豆切碎，西红柿去皮去籽切成小块。

2. 把锅烧热后倒入橄榄油，用小火将蒜瓣炒香。

3. 倒入鳀鱼条，边炒边压至泥状。

4. 将备用材料倒入翻炒，并依个人口味加入适量辣椒粉。

5. 盖上锅盖，用小火炖 20 分钟左右。

6. 炖酱料的同时开始煮意面：水需完全浸没意面，建议多放一些，烧开后放一勺盐，面煮到软硬适中，最好留点硬芯。

7. 将煮好的意面放入炖好的酱汁里，均匀包裹后盛盘。

放上罗勒点缀，又好看又美味的艺女意面就做好啦。开动吧！

"不期望他人的理解" 的傲慢

/////

喜欢村上应该是怎样的状态

喜欢村上应该是怎样的状态

金裕贞（1908-1937）：
韩国近代著名小说
家。《山茶花》里
地主家的女儿点顺
小心翼翼地对佃农
家的儿子"我"表
达好感，而"我"
却很木讷，一直没
能理解。有一天，
"我"打死了点顺
家的鸡，点顺答应
帮我保守秘密，并
按着"我"的肩膀
把我推到了山茶花
花丛中。

20世纪90年代初，我还在上大学，那时如果问别人：你喜欢村上春树吗？答案大多是：那是谁？

我暗恋过一个像永泽的社团前辈（没错，就是《挪威的森林》中那位"不达到极限绝不罢休"的永泽，说他们俩像，也只是凭借自己的理解和感觉而已）。我送过社团前辈一本《挪威的森林》，结果却被他狠批了一顿。他责问我女孩子怎么会喜欢这种黄书！社团里其他读过村上小说的前辈也批评了我。除了这种令人胆战心惊的回忆，记忆中身边没有人喜欢村上春树（我差点怀疑自己是不是进了神学院学生会）。总之，前辈们的过激反应一度让我怀疑，他们阅读过的男女性爱描写，是不是只停留在金裕贞的《山茶花》里点顺推倒男孩这一段——点到为止就好，露骨就成"黄书"了。

我对大学最大的想象，就是所有的学生在完成专业功课后，课余时间都泡在图书馆里，尽情徜徉在自己喜欢的书籍中。但进入大学后我才发现，一年都读不完一本书的学生比比皆是，也很少有人订阅文学类杂志。至于我脑海中曾经幻想过的场景——为了参加美术史或工艺史研讨会，攒钱买厚重的学术书，然后一边制作幻灯片，一边辛苦地翻译，为了发表或演讲全身投入——就更无从谈起。确实，很多人连教材都不买，只用复印本，对他们能有什么指望呢？我每天泡在图书馆里学习外语和理论知识，将钢笔灌满墨水，不停地记着笔记，在其他同学眼中是个十足的怪胎。

后来除了必修课，我的时间表里还排满了人文学和其他理论课程。我不再去社团。那些社团里的男生明明想要谈恋爱，想要和女生睡觉，却总装作一副漫不经心的样子，还对在这方面表现出热情的人指指点点。我开始享受独处。

独处的好处不言自明。一个人做什么都不必过于拘束。例如，有时想去超市，走到半路却想去图书馆，不必征求谁的同意，直接转换路线就好。然而，在没有共同话题的人群中孤单久了也会出问题。我渐渐陷入了自己的世界。除了社交能力不足，我还出现了一个坏毛病，即一旦遇到稍微聊得来的人就掏心掏肺。而且，由于我爱钻牛角尖，对什么事都比别人认真十倍甚至二十倍，遇到问题更是不彻底弄明白就不罢休……总之，如果扎进某件事中，就不知道出来——是那种让人感觉很累的性格。独来独往时间长了，这种"症状"越来越严重。

我的父母无法理解我，但他们似乎早就知道我有对事物过于执着的毛病——小时候他们把我管得很严，不让我信教，也不喜欢我沉迷于听音乐，我想或许他们连我看什么书都偷偷检查过。

如果把曾经身心投入过的事情一一列出来，那将是一份长长的单子，谁看完估计都要忍不住叹气。音乐、美术、戏剧、舞蹈、巴西打击乐、以塔罗为代表的神秘学、外语，去年起我开始种植，还有现在作为职业的烹饪。最近，我又迷上了巴萨诺瓦吉他（我自己都觉得荒唐）。

和人交往也是如此。倘若喜欢谁，我就会彻头彻尾地分析对方，恨不得把对方变成自己的"所属品"。这种不顾一切的性子，让我在人际交往中常常处于劣势（诚然，人际关系不讲输赢，但是要平衡）。每次认识有共同话题的新朋友，我就忍不住投入所有的热情，以为友谊地久天长，但事实上，绝大多数人聊着聊着就不聊了。也许并非刻意，只是接触多了才发现，我们其实并非一类人，疏远是自然而然的事。伤感失落之余，我也会反省，会告诫自己不要再犯同样的错误，但依然不断"翻车"。

没错，我似乎时刻都会和与自己有着相同爱好、能够理解自己的人产生感情羁绊。然而，面对积极活跃的村上书友部落的会员们时，我为什么没有产生迷恋之情呢？因为不能和家人谈恋爱（玩笑话）。我们喜欢同一位作家，都用小说主人公的名字命名，可以说，我们比家人更亲密，这种亲密抹杀了男女间的紧张感。至少我是这样认为的。因此，我从未和喜欢村上春树的人谈过恋爱。尽管我们有共同话题，或者说共同主题，但随着接触的深入，问题也接踵而至。有的人大言不惭地说自己是村上的书迷，却只读过一两本村上的书，自然也无法从整体上把握村上的作品。有的人则认为，喜欢村上的女人都是朝三暮四的，或者说有些肆意妄为——有阅读障碍的人才会认为绿子在感情方面是个随便的女人吧？还有的人虽然读过村上的书，但认为不能喜欢日本作家（真是奇怪的想法）。在这些问题上的分歧，让我最终选择了沉默。

还有一些人，喜欢以村上作品中的人物为自己"正名"。在村上的笔下，有很多无论身处何地都内心淡漠的人，他们活在自己的世界里，对周遭不能说漠不关心，但至少很不上心，或者说漫不经心。他们骨子里有一种令人难以接近的傲慢。《挪威的森林》里的渡边和永泽就是典型。用永泽的话说——他和渡边的共同点就是"不期望他人的理解"。于是乎，有人刻意摆出一副对周围无所谓的样子，做一些荒诞的事，说一些莫名的话，然后来一句：我不期待他人的理解。我也不喜欢那些轻易把"百分之百女孩"或是"春天里的熊"挂在嘴边的人。至于有的人看了《国境以南，太阳以西》中主人公和岛本重逢的故事，就说自己也是那种和初恋重逢也必然会陷入爱情的傻瓜，我更是生出厌恶之感。这部作品自始至终贯穿着简单明了的独特氛围和爵士乐，整个小说充斥着无与伦比的美，但总令我想起那种莫名其妙的男人，真是奇怪。

究竟喜欢村上春树的人应该是一种怎样的状态？每个人都有自己

的评判。而我希望自己能够像村上小说的主人公一样，有着独特的个性（虽然也容易受伤），时常做一些出格的事。但无论我怎么努力，都无法让自己活泼起来。即便喝了酒，活跃度也不过是别人的1%。我又像绿子一样，买了料理书学习烘焙，却从未鼓起勇气向喜欢的人表白。这样说起来，我和村上笔下的人似乎一点儿也不同。若非要说有什么相似之处，大概就是孤独了。我不潇洒，也不傲慢，但周围始终弥漫着类似于小说中的孤独感，以及随时会孑然一身的觉悟。

我不知道以后是否会遇到一个喜欢村上也喜欢我、同时也被我喜欢的人；即使遇不到，只要能和我一起探讨村上的作品，我也必然会掏心掏肺。真的，百分之百，我会那样做。

HARUKI RECIPE

第 **1 2 3 4** 章
▲

对自己的人生负责

有时我们需要可以胡闹的朋友

/ / / / /

盛夏的炖牛肉，以及冰块在玻璃杯中破碎的轻响

盛夏的炖牛肉，以及冰块在玻璃杯中破碎的轻响

敞篷车飞驰在夕阳西下的海滨公路，广播里放着海滩男孩的音乐。夏季闷热的空气死抓着脚踝不放，被孤独充斥的人们无比沉默。冰块在盛满酒的杯子里破碎，发出轻响。即使有人在身旁，孤独感依旧存在。每次读《且听风吟》，我都能清楚地感觉到这些。

我读过村上春树迄今为止所有的作品，最喜欢的就是他 1979 年发表的这部处女作。当然，《且听风吟》的后续作品《1973 年的弹子球》和《寻羊冒险记》也都是我的至爱，但迄今为止最能打动我的还是他的第一部小说，也许以后也仍是。

读过这部小说的人，一定会想去 J's bar 看看——散落满地的花生皮、刚刚出锅的香脆炸薯条，还有啤酒。

虽然没有特别约定，但只要赶上放假，"我"和鼠就都会在那家酒吧碰面。酒吧的老板杰总是一边默默工作，一边为顾客打理酒吧。和朋友一起，或是偶尔想要独酌一杯的时候，有这样一个可以消磨时间的酒吧，是多么幸福的事啊。对我来说那种酒吧只存在于想象之中，因为我去过的酒吧都是一帮人挤在一起，桌上放着软趴趴的炸薯条或是墨西哥沙拉，啤酒都装在一个很大的玻璃杯里，而且味道很淡。无论是有着火辣表演的鸡尾酒酒吧，还是有穿着华丽的女老板和调酒师的昂贵酒吧，都和小说里的 J's bar 相去甚远。我想象过将来的某一天，自己会开间休闲酒吧，让那些孤独者，或独自一人，或和一两个知心好友一起来安静地喝上一杯。

　　成长是一件孤独而痛苦的事，会产生无数裂痕，我们一直在努力修补。每个人的伤口不同，世上并不存在感同身受这回事，但我相信，受过类似伤害的人更容易产生共鸣，也能从对方身上获得些许安慰。为了填补受伤后的空虚，我们总会找一些事情来做，喝酒、购物、恋爱，或者烹饪……这个发现并尝试修补裂痕的过程，本身就是成长。这也是我钟爱《且听风吟》的原因。

　　主人公在酒吧偶遇了只有九根手指的女人，并把喝醉的女人送回家，以此开始了他们略显尴尬的见面。他们之间充满了轻蔑与冷漠，好不容易通过聊天对彼此有了了解，但随着夏天的结束，他们的关系也终止了。有些缥缈，有点苦涩，但并不悲伤。

　　就像少了一根手指这件事本身一样，女人总给人一种尴尬和不自然，走到哪里都冒冒失失的感觉。我个人觉得，村上创造的小说人物中，她是和我最接近的——不说谎，但也不知如何表达自己的真心；即使受到了极大的伤害，也不知道学会预防再次受伤。

　　书中有一个情节，让我忍不住笑着感叹"这孩子真的很像我啊"。

故事讲的是在一个炎热的夏天，和"我"稍微亲近了一些的女人突然打电话来约"我"吃晚饭。"我"在游泳场泡了一天，全身晒得通红。她说给"我"煮了炖牛肉，叫"我"过去吃，如果"我"不去，她就直接倒进洗碗池里，说完便挂了电话。

炖菜，倔强地大吼一声"现在就过来吃"——这两个场景实在有些不搭调。这个情节充分表现了女人的性格，很可爱，也有些可怜。我呢，往往不是不能准确地表达，而是干脆不表达或者直接失控——我属于那种天生刹车失灵的人。

关键是，盛夏为什么要做炖菜？将肉和蔬菜按顺序翻炒，然后放入番茄和调料，开锅后继续用文火炖一两个小时……在炎热的夏天炖上几个小时，并且不是为了做给自己吃——就算像我这样喜欢烹饪的人都对此望而却步，除非为了对我来说极其重要的人。

没错，对我来说，炖菜就是这样一种存在。当我邀请了真正想要亲近或是要招待的人，又不希望对方看出自己的用心时，我就会选炖菜——按照步骤有条不紊地烹饪，在炖煮的几个小时里时刻留意，不停地调节火候，只为让味道更纯正……因此，炖菜最能体现料理师的心血。（初进烹饪学校一般都会从制作炖菜或类似的卤汁开始。这种料理使用的食材丰富，并且要求保证味道有层次感，因而非常适合学习食材搭配。）

主人公和女人见面了。夏日的餐桌上，炖牛肉、面包、沙拉、红酒，使得周围的空气变得更加火热。我总觉得村上描绘的场景不在日本，而是在夏威夷某个酷炫的（绝对十分酷炫）、充满了异域风情的海滨公路边。背景音乐是海滩男孩或埃尔维斯·普莱斯利等老歌手的流行音乐。两人之间对话不多，有些冷清又有点小暧昧，总之气氛很微妙。

每次阅读《且听风吟》，脑海中都有着很强的画面感。1981 年这部小说拍成了电影，还曾作为特别展出的电影在韩国上映，可惜那时我没能看成。作为书迷，我觉得现在翻拍一次也不错。不过我很好奇，1981 年的电影中有没有两人分享炖牛肉的场面（顺便提一句，电影《挪威的森林》给我的体验简直糟透了）。

2011 年秋，我去了东京和神户，完成了"寻找村上春树之旅"。在神户，我找到了 J's bar 在电影中的取景地 HALF TIME。我一直以为 HALF TIME 在一楼，离海很近，但事实上这间酒吧在二楼，并且位于繁华的神户三宫地区。连接酒吧的入口处楼梯十分陡峭，出人意料的是，沿着楼梯进到酒吧，竟像进入了另一个世界，明朗又安静，全然没有都市的喧嚣。

HALF TIME 是 1978 年开业的，仅和 1979 年小说出版时间相差一年。二者年代相似，除了不在地下这一点，其他地方和小说中描述的完全一致，老旧的电话、电影、海报、玻璃杯、飞镖盘，还有出了故障的弹珠机……这让我有种错觉——作者是这里的常客，他把这里写进了书里。不过那段时间村上正在经营他自己的爵士乐酒吧，他那么忙，应该不会大老远跑到神户新开的酒吧里来找灵感吧？因此，我觉得也可以尝试理解，这间酒吧是根据《且听风吟》来装修和布置的。

神户的海边看起来有些荒凉和萧条，不知道是因为地震，还是因为新建的大楼和港口客运站。这里不像是一个可以开着车、和朋友一边喝啤酒一边放松身心的地方。女人煮好炖牛肉在家里等"我"，只是不知道通往她家的那条路是否还在？

美食是最用心的告白

牛排和意大利面包沙拉

"不马上过来吃，我就都倒进洗碗池了。"

我很羡慕能有这样逼自己吃东西的朋友。偶尔，我也会用美食诱惑我想见的人，但都是很郑重地提出邀请，从来没说过"我现在就把菜倒掉"这种话。其实，我做过很多料理，也多次用美食向心仪者告白，但结果无外乎两种：一是因为我大摆筵席，让对方发现了我的小心思；二是因为我料理师的身份让对方产生误会，以为我就算准备再多也没有特别的意思。

不管怎么说，请人吃饭是件好事。在我看来，能够鼓起勇气做一道费时的炖牛肉，然后毫不犹豫地打一通电话邀请对方，实在是太可爱了。我也期待着有一天可以再次碰到自己真心喜欢的人，为他打开这尘封的菜谱，做一道炖菜，再装作不经意地邀请他。不过若是在夏天，做炖牛肉确实有些痛苦，蒸气会使屋子更加闷热，所以我觉得这不是最佳方案。

　　因此，我拟了一份菜单：牛排、意大利面包沙拉、上品的白索维农白葡萄酒，甜点是柠檬苏芙蕾。**介绍两种汉堡牛排的简单做法。**

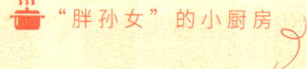 "胖孙女"的小厨房

汉堡牛排

◇◇ 做法一

1. 将新鲜牛里脊切成不超过 1 厘米厚的薄片，用刀背拍松，放入适量盐、糖、黑胡椒粉、白胡椒粉、料酒腌制 10 分钟。
2. 将腌制后的薄片牛排放入蛋液中过一下，然后裹上面包粉。
3. 放入加热的平底锅中，正反两面各煎 1 分钟。
4. 出锅，浇上芥末或酸辣酱。

◇◇

做法二

1. 将新鲜的牛里脊肉剁成肉泥，放入适量盐、糖、黑胡椒粉、白胡椒粉、料酒腌制 5-8 分钟。
2. 在腌制好的肉泥中加入半个蛋液，搅拌均匀后加入适量面包粉，再次搅拌均匀。

步骤 3、4 和做法一相同。（酱料也可换成自己中意的其他酱料哦）

另外，将牛排放入切开的汉堡中，浇上酱汁，再加一层芝士和两片生菜（新鲜的西红柿也不错），就成了美味的汉堡牛排了。

意大利面包沙拉就很简单，只需将硬硬的法式长棍面包切成小块，然后加上意大利香醋、橄榄油、蒜、洋葱丝、大块的新鲜番茄和罗勒，再将这些食材搅拌均匀。

夏天的番茄很新鲜，可能的话可以在家里养上一盆，用在各种料理中很方便。村上春树也说过夏天最好的食物就是新鲜的沙拉，和甜酸的白葡萄酒也很相宜，当然啤酒也不错。

这些料理既能让对方感觉到你的心意，又不会很夸张，应邀者一定会很享受。

增加的体重是空虚与不安的重量

/ / / / /

刚出锅的炸甜甜圈和咖啡

刚出锅的炸甜甜圈和咖啡

《且听风吟》《1973年的弹子球》《寻羊冒险记》是以"我"和鼠为主人公的三部曲。到了《舞！舞！舞！》，主人公变成了"我"一个人，鼠不见了，杰虽然落魄了些，但依旧经营着酒吧。"我"被卷进了神秘事件之中，身边的人一个接一个地莫名消失。不管"我"怎么努力，都无法解决这些问题，最终被失落感所包围。与妻子离婚后，和"我"一起寻羊的女友也在牧羊场山坡上的房子里突然消失了。一直在寻找的朋友鼠选择了自杀，"我"自己也陷入了十分危险的境地，不过最终还是独自一人回到了原本的生活，只是彻底变成了独自一人。

先说三部曲吧。

和前两部小说相比，《寻羊冒险记》的篇幅很长。内容多，关于美食的故事也多。在村上的小说中，美食是最能反映日常生活的工具，也是表现人物性格和喜好的手段。特别是在这部小说中，无论身处何地，主人公都被失落、空虚、离别包围着，他就是用美食安抚这份空虚和不安的。牧羊场的别墅如同一个与世隔绝的独立空间，他们到达的第二天，女孩便消失了。他得知这个消息后，竟然莫名地开始感觉肚子饿。在等待鼠和羊男出现的时间里，主人公一边做饭吃，一边喝起酒。事实上，除了吃饭，他没有其他事情要做，也没有其他事情可做。倘若我也被关在某处，并且不知道接下去会发生什么，而那个地方正好有食物的话，我想我也会尽心烹饪，专心吃饭。

"我"和"美耳女"第一次相见时吃的是法国套菜，这点让我记忆深刻，不过我更喜欢"我"独自一人熟练地做饭、吃饭的样子。

就像呼吸是以秒为单位记录一样，在别墅检查过食材后，"我"便开始安排每顿的料理，并开始烹饪——加热炖菜、切面包、削苹果，感觉蔬菜不足的时候，"我"还拔了院子里看起来能吃的草来煮；晚餐喝了威士忌，还慢炒了洋葱，做了汉堡牛排。因为可活动的范围不大，"我"的体重直线上升。虽然我用跑步的方法减肥，但又是烤鸡，又是三文鱼抓饭，还吃了很多桃罐头、冰激凌、奶酪蛋糕，使得"我"的体重再次飙升。

而增加的体重，正是空虚与不安的重量。

令我奇怪的是，村上春树的小说中，日料并不多见。他的随笔中倒是经常出现简单的日本小菜、烤鱼、豆腐之类的家常菜，为什么小说里却不用日料，而要选择各种西餐呢？

1979年到1982年，村上春树完成了《且听风吟》和《寻羊冒险记》。那时，日本正在飞速发展，即将进入其最繁荣的80年代。到了90年代，日本的经济泡沫就破灭了。村上春树在大学时结婚了，而后在自己经营的酒吧做一些简单的料理（他在回忆当时生活的随笔中提到了洋白菜卷）。那么，村上春树是怎么了解并学会用食醋和香草腌制海鲜拼盘的呢？还有肉饭，以及用烤箱制作的烤鸡的呢？他笔下的主人公们在任何地方都难以扎根，不管是自愿的还是被迫的，他们总要前往另一个世界，所以时刻充满了不安。可就算这样，他们还是超越了国界，制作出了各式各样的料理，并尽情享用。

村上春树在《寻羊冒险记》里写道：一个好的酒吧要能提供美味的鸡蛋卷和三明治。或许就是为了爵士乐酒吧能有一份拿得出手的菜单，他才会不断练习，最终成了料理大师。神户是港口城市，很早就受到了西方文明的影响，一半日式，一半西化。村上春树就是在那里度过了他的童年，或许他经常光顾西餐厅，吃过美味的汉堡、牛排和配菜也未可知。《挪威的森林》里有他大学生活的影子，那本书里经常出现类似于鸡蛋卷、意面之类的料理，西餐已经成了村上小说中的家常便饭。而《寻羊冒险记》中出现的料理，就是以现在的眼光来看，也绝对是正宗的西餐。书里还出现了很多对当时读者来说比较陌生的词——君度（经常用于鸡尾酒或西点的橘味利口酒），甚至还有法国套菜。村上春树到底是从何处了解这些料理知识的呢？

"我"在别墅里随意翻看着各种书籍，发现了介绍"烤面包方法"的菜谱，方法都十分简单，就照着菜谱做了各种美味的面包。村上春树是不是也和"我"一样,是看着书学会烹饪的呢?以前网络菜谱和料理节目并不多,比起向别人请教,喜欢读书的村上春树更有可能照着菜谱一道道练习。他喜欢美国现代文学,这点从他小说的背景就能很自然地看出来。他笔下的主人公总给人一种印象——不点日料,而是习惯性地吃汉堡、比萨、鸡蛋卷、三明治等西餐,仿佛走进了某个美国小城市的饭店里。

我也是通过书本学习料理的。小学时我就被菜谱的魅力所吸引。那时我在钢琴学院上课,为了方便学生独自练琴,学院隔了许多小隔间,每间屋子里都放着一架钢琴。我在那里有一个特别钟爱的房间,不是钢琴有多好,而是新婚不久的院长买了很多菜谱,大约有三十来本,都放在那里。休息间隙,我读了《西餐》《日料》《家常菜》等。比起练琴,我更喜欢看料理书,边看边想象照片中的美食究竟是什么味道。透过文字和图片,我感觉自己成了游遍全球的美食家。现在想想,那些书的质量确实不敢恭维,纸张粗糙得甚至会划伤手,但我还是看得津津有味。还有精装的料理全集,非常厚重,在狭小的厨房根本难以打开(实在有些莫名其妙)。

长大后,我买了关于烘焙的外国料理书,并把书中出现的每一道料理都做了一遍。不过那时烹饪还只是我的兴趣,但也正因如此,我的人生开始转向新的方向。再后来,我去了国外的烹饪学校进修。

最近有很多小说都提到了美食和美食故事,有的直接把主人公设定为料理师。但作者亲自做过料理和只靠收集资料写文章是有很大区别的——字里行间的味道完全不同。有的美食故事精彩到让人拍案叫绝，光看文字就让人有种饱腹感；而有的美食故事肤浅而别扭，就像穿了不合身的衣服似的让人不舒服——简单说就是没有味道。

从村上春树对美食的描写中，我们不仅能看出他是亲自下过厨的，还能知道他读过很多和料理相关的书。能做一手好菜是一回事，能把料理写成好的故事又是另外一回事。读他的文字时，我会好奇他笔下的人究竟在吃什么，有时肚子也会跟着"咕咕"叫起来。以《寻羊冒险记》为始，村上笔下的登场人物开始了解料理并亲自动手烹饪，这种设定在他之后的小说中一直延续了下来。

顺便提一下我的牧羊场之旅。

在神户旅行时，偶然听到了关于六甲山牧羊场的故事。虽然《寻羊冒险记》发生在北海道，小说中出现的十二泷站是现在已经关闭了的美深站，但我觉得村上春树在神户住过，他应该去过神户的牧羊场吧，所以才定下了这个行程。我没有选快车，而是搭乘慢车。在一个小站下车后，又坐了直达六甲山山顶的缆车，最后换乘了前往牧场的专线公车。过程可谓十分复杂。

牧场里到处都是猪、马、羊、牛，景象倒也和谐。刚下了小雨，羊群又脏又有味儿。不过这的确是个好玩的牧场，不仅能近距离观察动物，还能和它们一起在草地上散步。这里还卖各种奶酪蛋糕和点心，我买了一些。也有卖羊肉的饭店，但我不忍看小羊们被放上烤盘，所以选择去牧场的咖啡店。那是一家以《阿尔卑斯山的少女》为主题的咖啡店。电视里滚动播放着动画片，还有很多海蒂的周边产品，其中就有不得不买的东西，那就是海蒂在回阿尔卑斯时都要打包带走的、她至爱的都市面包——白面包。

　　我坐在长椅上拿出便当，一边想着羊男，一边吃起了和他最相称的甜甜圈。甜甜圈刷了浆汁，黏黏的，不是小说里刚出锅的脆脆的甜甜圈（有点遗憾）。

　　丘陵上缓缓走过羊群，恬静而悠闲。吃完甜甜圈，我爬上山坡。"以后应该不会再来这里了吧？"这样想着，我决定上飞机前花掉所有的硬币，于是把牧场里的饲料自动售卖机都转了一圈。不知羊群是否听到了我将硬币丢进售卖机的声音，竟从几十米外向我飞奔而来。我拼命向山坡跑去，跑出很远才发现自己手里攥着饲料。暮色笼罩下的牧场上，一个女人被羊群追逐落荒而逃，不知是怎样有趣的场景。我将饲料用力扔向远方，才结束了这个突发状况。

　　我的牧羊场之旅，不是寻羊冒险记，却胜似寻羊冒险记。

《阿尔卑斯山的少女》：日本电视动画，由瑞士作家约翰娜·施皮里的德文小说《海蒂》系列改编而来，是日本电视动画史上首次尝试海外实地取景的作品。

无论是料理还是人生
都需要自学

用柴火炉烤制的英国玛芬蛋糕

不知为何，一看到羊男就难受。

可以肯定地说，羊男的烹饪技术一定是自学的，无论是在孤零零的小木屋制作的料理，还是那世界上最棒的甜甜圈。

除去以前为了祭祀而做的煎饼和偶尔才会做的意面，我的烹饪之路是从自制烤面包开始的。和绿子一样，我买了一本食谱，然后把书里的菜从头到尾尝试了一遍。把东西放进烤箱里烘烤让我觉得很神奇。起初当然做不好，明明是面包的样子，可从烤箱里拿出来时却成了根本咬不动的"石头"。有时因为买不到食材，便用替代品，结果做出的面包完全不像样（做面包成为我的爱好是在 1995 年到 1996 年之间，那时几乎没有人做家庭烘焙，很多材料都买不到）。即使这样，我还是很享受做面包和点心的过程。后来，人们开始喜欢我做的蛋糕。再后来，我开始正式学习烹饪。现在我是一名职业料理师。

世间的事情还真是令人捉摸不透啊。

寒冷的冬天，你在农村的家中自制过发酵面包吗？利用柴火炉可以做出那种扁扁的发酵面包，以及英国玛芬蛋糕。在英国的那段时间，民宿的奶奶就是用炉火烤制英国玛芬蛋糕。

这里所说的"英国玛芬蛋糕"是指大约出现于 11 世纪的传统玛芬（相对于近代才出现的"快速玛芬"而言）。制作也相当简单，只需将发酵的面团做成松软的面包，然后用平底锅烤至两面出现棕色，或者用火炉稍微烤一下，涂上黄油即可。

后来我还知道，玛芬蛋糕加上火腿和苹果，还能做成三明治，也可以加一些咸咸的奶酪当下酒菜。因此，一次可以多做一些面包放在冰箱冷冻室里，需要的时候拿出来用平底锅或柴火炉烤一烤，涂上酱料就行。

我总觉得，羊男很适合传统的英国玛芬蛋糕。

"没有爱，世界就如同窗外吹过的风"

/ / / / /

放有火腿、黄瓜和起司的胖孙女三明治

放有火腿、黄瓜和起司的胖孙女三明治

《世界尽头与冷酷仙境》的登场人物中有一个胖孙女，前面已经说过，这也是我在村上春树书友部落使用的网名，完整的描述是：喜欢穿粉红色衣服，擅长做三明治，虽然胖但脸蛋很漂亮的老博士的胖孙女。小说开篇部分，胖孙女为和爷爷一起进行洗脑工作的"我"端来了三明治和咖啡。三明治很新鲜，夹着火腿、黄瓜和起司。

村上春树笔下的主人公不仅对美食的喜好明确，而且都很了解烹饪方法。"我"也不例外——"如同我对沙发挑三拣四一样，对三明治的评价也相当苛刻。"但是如此苛刻的"我"却称赞胖孙女制作的三明治"不同凡响"。至于为什么好吃这个问题，"我"清楚地进行了说明：

> 富有弹性的新鲜面包，用干净且锋利的刀子切得整整齐齐。如果想要制作完美的三明治，一把好的切刀是不可或缺的，不过这一点却很容易被忽略。无论材料是多么高级、齐全，若没有那

样一把切刀，也做不出新鲜美味的三明治。我很久没有吃过如此可口的三明治了。芥末的味道纯正且地道，莴苣新鲜无可挑剔，蛋黄酱的口感也像是手工制作或是接近手工制作的。

这就是胖孙女三明治的秘诀，她的烹饪手艺比一般料理师还要好。

主人公强调，想要做出一份合格的三明治，一定要有把锋利的刀。可见村上很清楚，就算三明治里的食材再好，如果没有锋利的刀，不能一次切到位，也不能算成功。我是用切烤鸡的细长切肉刀来切三明治的，每次使用前都会重新磨一下。

除了《世界尽头与冷酷仙境》中，村上春树在1988年出版的《舞！舞！舞！》中也提到了利刃的重要性。擅长烹饪的独臂诗人迪克诺斯用一只手做出了既美味又美观的三明治，并且说要想做出美味的三明治就要用锋利的刀。只有刀好才能将三明治"一刀两断"，如果没有一次切断，里面的馅料就会掉出来，面包表面也会变得坑坑洼洼，没有人愿意吃这种三明治。

在《世界尽头与冷酷仙境》中，和主人公吃饭的女性有两位，一位是胖孙女，另一位则是在去找有关独角兽的书籍时见到的图书管理员。胖孙女因为爷爷让她保持肥胖的身材而有意选择容易发胖的黄油、奶油等食物，图书管理员则是那种胃口很大、每月一半以上的工资都花在食物上却从不发胖的人。"我"用采购来的食材做了几天的小菜，但图书管理员一来便把小菜、米饭、大酱汤、炒香肠、豆腐甚至啤酒和巧克力蛋糕一扫而光。在被老博士送去另一个世界之前，主人公和图书馆管理员又见了一面。他们在意大利餐厅吃了大份的开胃菜，还有意面、焗饭、主菜、浓缩咖啡以及苏芙蕾。接着，两人又去了图书管理员家里就着比萨喝威士忌。这是两人在这个世界上一同度过的最后一晚。

主人公和胖孙女通过下水道寻找地洞时，两人买了汉堡；从地洞出来后，又一同分享了浓汤和三明治。胖孙女还不了解如何与男人做爱，她毫无顾忌地问这问那，还天真地问"我"想不想和她睡觉。"我"虽然不讨厌胖孙女，但因为要离开这里去另一个世界，未来会发生什么还是个未知数，"我"不想让事情变得太复杂，于是拒绝了她。但"我"告诉她如果能再回来，一定和她睡一觉。（我个人觉得这部分内容很荒谬。主人公之所以拒绝胖孙女，就是不想和她睡觉。奇怪的是，这分明是小说里胖孙女的事，为什么我会觉得像是自己求爱不成一样失落呢？）

随着年龄的增长，我对村上春树描写女性的方法有些不满。他笔下的男人大多是那种毫无特点、极不显眼的人。但女人不同，都美得令人难以置信，性格也都很有特点。比如虽然很胖但脸蛋很漂亮的女人；很苗条，没有丝毫赘肉，却有胃扩张症（这是完全没有的病啊！）的大胃口女人。《1Q84》中能够严格进行自我管理的青豆也不例外。还有《挪威的森林》中的绿子，从小到大，她的腰身似乎就没有改变过。村上的文字中充满了对女性的幻想，并且夹杂着极其详细的性爱描写。

《世界尽头与冷酷仙境》出版于 1985 年，那时胖孙女十九岁。主人公去了另一个世界，胖孙女就在他的家里读巴尔扎克。不知道现在她在做什么呢？冷冻的主人公被送回这个世界解冻后，他们睡过了吗？她会不会已经离开爷爷独立生活了呢？

每次用锋利的刀切三明治的时候，我都会想起书中的胖孙女。最近我重新读了《世界尽头与冷酷仙境》。以前觉得自己像她是因为我们都擅长烹饪，并且都很胖，现在我突然发现，在对爱情抱有无限憧憬，没有爱就无法生存这方面，我们也很像。

没有爱，世界就如同窗外吹过的风。

没有爱，世界就是虚无。

世上最性感的料理：烤鸡

烤鸡

致：胖孙女

你擅长烹饪，三明治做得很好，想来其他自己想吃的料理也都能做得很好吧？就像爷爷常说的那样，想要维持大脑的良好状态，保证身体健康，就要时刻注意不能让自己瘦下来。我也好想生活在有这种观念的地方。

大叔通过港口的车去了另一个世界，不知道他是否安好，有没有被冷冻起来。你是否一直在他的家里读巴尔扎克？你是否知道巴尔扎克的小说里也出现过很多关于美食的故事？（事实上，巴尔扎克也是个大胃王）我很好奇要过多久你才能将他解冻，和他一起睡觉（这个问题萦绕在我心里已经很久了，从我第一次阅读这本书时就不断在想）。

很久以前，我就觉得村上春树笔下的女人中，你是最性感的。第一次在书中和你相遇，我就希望能像你一样毫无顾忌地询问有关男人、身体和性爱的问题，因为我和你一样，对这些充满了好奇。村上春树书友会的哥哥提议我用"胖孙女"这个名字，是因为我喜欢料理，又和你一样很胖，但其实我在心里偷偷地想：我们的相似之处不止如此，我还和你一样有很多疑问。

那么，最性感的料理又是什么呢？最性感的料理，应该是可以用手尽情抚摸，饱含我全部心气的。除了汉堡牛排，还有什么呢？烤鸡，我认为这是世界上最性感的料理之一。

将柠檬和香草填进鸡肚中，在表皮刷上油和柠檬汁的混合物，用手涂抹均匀，放进预热好的烤箱里，大功就告成了。从准备到完成，整个过程都很性感，最后切开烤鸡的一刹那，肉汁流出来，简直太完美了。

我正在用你的名字生活，希望有一天可以成为像外焦里嫩的烤鸡一样性感的胖孙女。

烤箱烤鸡

◇◇ 做法

1. 将洗净的整鸡用盐、糖、酱油、料酒、辣酱、蒜等调制而成的酱料腌制 1-2 小时，使酱料完全入味。
2. 腌制后，将酱料中的蒜等放入鸡肚中，并用牙签将鸡肚封口。
3. 依个人口味在鸡身均匀地抹上辣酱。
4. 将鸡固定在烤鸡架上，烤箱温度200摄氏度,回转烤40分钟左右。
5. 取出鸡，均匀地抹上一层蜂蜜，继续烤30分钟。

外焦里嫩的烤鸡就做成了！

用活泼代替悲伤的女人的料理

/////

热气腾腾的家饭配简单小菜

热气腾腾的家饭配简单小菜

村上春树的小说里经常会出现两个世界，《挪威的森林》虽然没有两个世界，但以"我"（渡边）为中心出现了两个女人，而这两个女人就像泾渭分明的两个世界，完全不同，甚至无法进行比较。直子曾是"我"高中时自杀的好友的女朋友，绿子则是大学一起听课的同学；直子与令人无法忘怀的过往紧密相连，就像有水雾的镜头一样，总是模模糊糊的；绿子则生机勃勃充满活力，永远横冲直撞，没有一刻消停，"简直就像迎着春天的晨光蹦跳到世界上来的一头小鹿"。

如果用一个词来形容直子，我认为"精致"最贴切不过——就像一个瓷娃娃，安静美丽而又易碎。成长本就伴随着疼痛，她曾和木月相互取暖，而木月的自杀将她一个人留在了这座"无人岛"上。因此，直子的哀伤来自过去，而过去本应被留在过去。她也试图走出来，融入外部世界，可惜最终失败了。

相比之下，我相信绝大多数人都喜欢绿子，她总是努力用活泼的一面掩饰内心的悲伤。她热情、勇敢，无所畏惧——向喜欢的人大胆告白，在成人影院看得津津有味，大白天翘课去新宿喝酒，自学烹饪并做出一大桌可口的饭菜，下雨天在露天阳台和心仪的人相拥……同为女人的我也被她率性直白的性子所感染，希望自己也能活成她那样。

渡边和绿子相识于美食。

"我"独自在经常去的小小餐厅吃着香菇肉卷和豌豆沙拉，一个女孩走过来问道："你姓渡边吧？"女孩"剪得一头极短的短发，戴着一副墨色的太阳眼镜，穿着一套白色的迷你棉质洋装"，确认渡边不是在等人后，她"大剌剌地拉出椅子"，在渡边对面坐下，看着渡边吃东西。在渡边眼中，她就像"迎接春天到来的初生之犊一样，从体内洋溢出一股鲜活的生命力"，这是一次"奇特的相遇"。

在这部小说中，作者描写了渡边独自生活时做的菜，以及直子在疗养院分给大家的食物，不得不说，都带着一种凄冷之感。

而绿子做出来的美食就像和她本人一样有温度。和渡边认识不久，绿子就邀请他到自己家里。绿子一边有条不紊地做饭，一边给渡边讲自己会做饭的原因。渡边起初对绿子的邀请并没有多大的期待，但绿子的烹饪手艺之高完全超乎了渡边的想象。

绿子做的料理究竟是什么样的味道？我们只能靠想象了。我们迷恋擅长烹饪的绿子，或许就是因为这个原因吧。为了给朋友做一顿美食，不停在厨房里忙碌，这场景充满了无法形容的活力。在渡边看来，绿子熟练做饭的背影，就像娴熟地演奏着各种打击乐——"刚击响那边的吊钟，马上又敲这边的板，旋即拍打水牛骨。每一个动作都敏捷而准确，相互配合得恰到好处"。在渡边看来，能同时做好几道菜的人总给人一种美妙的感觉，他望着绿子出神。

每每读到这部分，都觉得很梦幻。就像绿子说的那样，想要亲近谁，就为他准备简单的小菜和热腾腾的米饭吧，不要刻意炫耀自己的手艺，不给对方造成任何负担，两人才能一同享用美味，进而拉近彼此的距离。

或许是受了绿子的影响，面对第一次邀请的朋友，在定菜单时我最先想到的总是饭和小菜。平时和朋友聊天时，我会有意无意地记下对方喜欢的美食和忌口，当邀请朋友来家里吃饭时，我心里很快就定好了菜单，有时我也会让朋友把自己中意的酒带来，这样双方都不会有压力。我习惯煮一份简单的浓汤，搭配一道素菜和一碟简单的荤菜，然后以事先做好的蛋糕为甜品。我没有刻意学习过韩餐，于是模仿西餐的基本程序来做，朋友说我做的韩餐有种西餐的感觉。这对我来说是令人愉快的夸奖，这是在说我做的料理风格独特呀。

到农村生活后，我自己种地、摘菜，做的料理也更加简单和朴实。把蔬菜洗净、放进烤箱，几分钟后便能闻到散发着自然气息的香味儿了；再把新鲜的香草磨成粉，撒在烤蔬菜上。我相信吃这道菜的人一定可以感受到我的用心。

种地时我时常想起绿子。她是个率性的都市女人，如果她种地，会不会种得很有个性？她应该会种各种各样的菜吧？然后把刚摘的白菜做成天妇罗，剩下的做成泡菜。

给戴着优雅王冠
但内心早已崩溃的你

柠檬酥皮派：外观虽好，但易碎

　　你穿着蓝色的连衣裙，戴着耀眼的耳环，晚餐吃的是法国料理。我想象着你的样子，实在太过优雅，比起吃饭，你似乎更适合喝茶——把红茶倒进杯子里，那杯子装饰着精致典雅的花纹，旁边有芬芳的鲜花，桌布和蛋糕碟同样精致而典雅，还有柠檬酥皮派。

　　为什么是柠檬酥皮派？每次看到柠檬酥皮派，我都会联想到英国的贵夫人——她们从头到脚散发着与生俱来的优雅，三三两两聚会时，端庄安静地坐在具有古典气息的椅子上，慢慢喝着红茶，将切成小块的糕点送进口中。而你，就像柠檬酥皮派一样，戴着优雅的白色王冠，却是脆弱易碎的，而这种破碎的酥脆感，正是柠檬酥皮派最大的魅力所在——诚如你的美丽与脆弱。

柠檬酥皮派

◇◇ **材料**

派皮：面粉 200 克、淡黄油 180 克、糖 15 克、鸡蛋半个、盐少许

馅心：面粉 40 克、玉米淀粉 15 克、糖 320 克、柠檬 2 个、鸡蛋 4 个、淡黄油 3 克、盐少许

◇◇ **派皮的做法**

1. 将面粉倒入容器中，加入切块的淡黄油、糖、盐，混合均匀。

2. 将鸡蛋用水打均匀，蛋液倒一半至面粉中，搅拌均匀。

3. 覆上保鲜膜，放入冰箱冷藏 1-2 小时。（期间可以做馅心）

4. 将面团取出，放入 8 寸大的模具中按压成形，用刀叉在派皮上扎眼（以防派皮鼓起）。

5. 烤箱调至 180 摄氏度预热 5 分钟，然后烤 20 分钟左右。

◇◇ 馅心的做法

1. 在锅中倒入适量水，加入柠檬皮屑、柠檬汁、面粉、玉米
   淀粉、糖、盐，搅拌均匀。

2. 调至中火，一边加热一边搅拌，沸腾后加入淡黄油，搅拌
   至融化。

3. 蛋白和蛋黄分开装。

4. 蛋黄和开后，加入一部分馅心液，搅拌均匀后倒回锅里，
   继续加热至浓稠状（注意千万别烧糊）。

5. 将柠檬蛋黄馅倒入制作好的派皮中，放入烤箱，用 180 摄
   氏度的火烤。

6. 蛋白打至发泡后，放到柠檬蛋黄馅心上，继续烤 10 分钟
   左右。

自我放松法之 "先休息吧"

///////

真正的夏威夷汉堡：多汁肉排配洋葱和酱料

真正的夏威夷汉堡：多汁肉排配洋葱和酱料

和《且听风吟》比起来，《舞！舞！舞！》更能令读者清晰地感受到异国风情（或者更准确地说是"无国界"）。这部小说是村上春树"早期三部曲"（《且听风吟》《1973年的弹子球》《寻羊冒险记》）的番外篇，很多情节都和三部曲相关甚至重复，例如羊男和海豚宾馆，还有美耳女。当然，起初我并不知道这几部作品是相关联的。

《舞！舞！舞！》中，与社会长久脱离的主人公决定回归社会，找了一份撰稿工作，主要是为女性杂志写报道，内容是介绍旅行地的美食店，因而踏上了旅程。他回到了四年前曾经住过的海豚宾馆，然而那里已经发生了翻天覆地的变化。他遇到了一些奇怪而特别的人，并卷入了离奇的事件之中——他所珍惜的人都悄无声息地走向了死亡。一切都像不固定的舞姿一般，伴随着音乐不断消逝。

主人公始终在试图抓住那些正在消逝的事、物、人，这个过程中，美食是他必不可少的慰藉。事实上，此时的主人公已然经历了"三部曲"讲述的故事，且眼下正经历着诸多自己无法掌控的事，他比任何时候都迫切地希望证明此时此刻自己还活着。因此，他选择了烹饪，即便一个人独居，他也亲自下厨做饭——烟火味儿是独属于"这个世界"的。后来，他在海豚宾馆遇到了安静而漂亮的女孩雪，并受宾馆服务员由美吉所托送雪回东京，由此，他成了雪的临时照看者。在此之前，雪吃东西只是为了活着，无论好不好吃，她都会塞进嘴里。主人公不仅亲自为雪做饭，还告诉雪美食的重要性，通过和雪分享美食，他自己也得到了慰藉。

村上春树对于料理的描写，总是细致得极具画面感。

主人公开始有条不紊地进行烹饪，同时为雪详细地讲解：把蒜放入加有橄榄油的锅中炒出香味儿，在变苦前捞出，然后放入西红柿……要搭配什么沙拉，再把芥末沙司涂抹在面包上，接着是如何处理三文鱼和生菜，并放入充满肉汁的烤肉排和洋葱，最后挤上满满的番茄酱和芥末，正宗的夏威夷汉堡就大功告成。男主人公虽不挑食，但对料理有鲜明的喜好。十几年来我反复阅读这段对男人和料理的细致描写，依旧觉得很酷，并且每次都有新的感受。

村上小说中的美食常常使人垂涎欲滴，很重要的一个原因是它们不是传统的日料，因而能给人充分的想象。诚然，村上偶尔也会写写日料，但都是酱汤、鸡蛋卷和泡菜之类简单的小菜，很少出现做法复杂的怀石料理或乡土菜，土豆沙拉和可乐饼也不能算是百分之百的日料，而啤酒、意面、汉堡、热狗、炸薯条、比萨和鸡尾酒成了村上小说最常见的食物，并且啤酒和意面已然被书迷们封为了村上的代表美食了。村上美食既普遍又有异国风情，正是这种全球化的特征，使得村上的作品无论被翻译成何种语言，在美食名称的翻译上都不会出现问题。

　　每次读到这些美味，我都不禁会想：村上平时吃这些料理吗？对于生活在 20 世纪 70 年代的日本人来说，吃美国快餐或意大利菜是不是种时尚？

　　虽然《舞！舞！舞！》中讲到了很多美食，但每次提到这部小说，我第一时间会想起两样东西——夏威夷和汉堡。

　　我没去过夏威夷，但我可以想象：在湛蓝的天空下，海滨公路旁开满充满异国情调的鲜花；悠闲的人们在海边晒太阳，在海水中游泳；太阳落山的时候，边喝鸡尾酒边看晚霞，在昏暗中闻着椰子甜甜的香气……与村上的其他小说相比，这部小说更具画面感。我对夏威夷的憧憬，最初就是来自《舞！舞！舞！》。2008 年，我终于实现了这个愿望，距离我读这部小说已经过去了十几年。

　　这部小说给我印象最深（或者说对我影响最深）的，除了美食，还有一句话——"先休息吧。"抵达夏威夷后，雪这样说。她并没有急着去海水浴场，而是听着音乐开始休息。她望着大海，紧张的面部和身体得到了放松；主人公则听着那个年代的流行音乐，慢慢品尝着以热狗和汉堡为代表的美国美食。在明媚的阳光和热带特有的甜美的空气中，主人公暂时摆脱了周围的琐碎日常和离奇怪事——不，应该说是主人公为了忘记这一切，而借用了夏威夷的力量。

我曾放弃音乐，去英国学习料理，之后又全身心地投入工作，一刻也不曾让自己享受过真正的放松。真的忙到这个程度了吗？也不尽然。事实上是心里有根弦始终紧绷着，生怕一旦松懈，就会与成功擦身而过。

后来我去了巴西。在里约热内卢的海边，我喝到了巴西甘蔗甜酒和加入白糖、酸橙的美味凯匹林纳鸡尾酒，吃到了巴西蛋挞，那是一种里面装满肉或起司的炸面包，还有煮虾和烤得焦黄的芝士条。椰子的顶部被削掉，插上吸管，我喝着冰凉的椰汁，欣赏着正在冲浪的帅小伙。之后的几天，我都会去海边待一些时候。我会打包带上MP3、准备寄往首尔的明信片、用来素描海景的小笔记本和笔以及书，然后找个视野好的位置，租把太阳伞。直到第四天，租借太阳伞的大叔问我："你为什么带这么多东西来海边？"

"要复习上午在语言班学习的内容，要写信给我喜欢的人，还要构思下正在写的书。"

"来海边就要好好看海啊。从早上一直看到太阳落山，这才是休息，不是吗？下课后就应该忘掉学校，也别再想那个男人了，想想你自己。来海边不就是为了放松吗？"

我从来不知道如何让自己闲下来，大叔的一番话让我豁然开朗。我大老远跑到南美洲的海边，却不懂得欣赏大西洋的美景，反而时刻念着无法完成的工作和得不到的爱情，岂不是自寻烦恼？难道这样我就能成功了吗？就能得到爱情了吗？

听到这温馨的建议以后，我再来海边时就只带买啤酒和小吃的钱。没有戴耳机，耳边回荡的是从海边饭店里传出的桑巴音乐。一整天，我望着那片海，就这样打发着时间，我学会了如何用身体记忆瞬间。直到现在，如果有人问我去南美旅行什么最有趣，我都会告诉他们：在海边什么也不做。

总之，无论走到哪里、正在做什么，都不忘告诉自己适时停下来："先休息吧。"

希望你变得幸福、坚强
最终生存下去

烹饪的第一步：制作肉酱

　　在村上的笔下，雪是个安静漂亮的女孩，同时带着些许神秘。她是坚强的，但又很脆弱。她被禁锢在虚幻中，幸运的是，村上给了她勇气，在小说最后，我们看到她已经做好走出虚幻的准备了。村上在描写人的成长时，或对某些事物有所顿悟时，笔触总是很轻、很淡，带着不经意的朦胧的美感。或许与直接说出过程的痛苦相比，他更愿意做个旁观者，静静地看着主人公破茧成蝶，变得幸福、坚强。

　　现实中遇到的所有困难，若未将我们打败，必将使我们更坚强。

我是幸运的，在我迷茫困惑的时候，在我遇到挫折的时候，总有东西支撑着我——音乐、酒，以及我最热衷的烹饪。

从独自尝试做各种小吃算起的话，至今我已有二十年的"烹饪史"了。我丝毫没有觉得厌倦，反而越是研究探索，越觉得趣味盎然。

美食是生活给予我的最大安慰。从准备材料、择菜、烹饪，到慢慢品尝，这个过程给了我很大的成就感和满足感。所以不管有多大的困难，只要依然能做出可口的美食，我就感到充满了力量。

雪啊，陪你去夏威夷的大叔并非任何时候都能给你做美食，也无法每次都带你去美食店。因此，你要学会独立。

亲自做出美味的食物，才是真正独立的开始——至少我这么认为。

好，那么学习烹饪吧。

第一步——制作肉酱。

这道菜几乎包含了所有基本的烹饪方法。我在教授烹饪以及制作教程的时候，第一餐常常是肉酱千层面。

最简单的肉酱

◇◇ **做法**

1. 在锅内刷油，放入培根，把油煸出后，加上洋葱、西芹、胡萝卜、蒜泥。待蔬菜变软，放上肉末，要让肉末分散开，不要粘在一起，不停地翻炒。可加些盐调味。

2. 肉末全熟后，加些红酒和罐装番茄，充分搅拌后加盐，让番茄味更浓郁。

3. 开锅后改小火（大火会使番茄酱味道变酸，一定要注意）。

4. 肉酱完全冷却后，按食量分装（最后别忘了放进冷冻室哦）。

一次性可以多做些肉酱，很多美食都可以用到。

和煮好的意面一起炒，就可以做成肉酱意面。和米饭一起炒，然后用鸡蛋包裹，就是蛋包饭。也可以将做好的肉酱抹在薄饼上。

无法轻易越过充满苦痛和妨碍者的关口

/ / / / /

想成为大人的小女孩零食：勃朗峰蛋糕

想成为大人的小女孩零食：勃朗峰蛋糕

我坐着中央线游走在国分寺站、国立站和吉祥寺站，手里拿着勃朗峰蛋糕，那是两天前的晚上在伊势丹百货商店买的。正值 10 月，百货商店地下食品区的蛋糕店里摆满了各种各样的勃朗峰蛋糕，有的是使用最顶级的法国产糖渍栗子制作而成的，有的是用栗子巧克力奶油制成的。

我选了一款看上去最简单的勃朗峰蛋糕——饼皮里装满栗子奶油，上面放着烧栗子，撒着积雪般的糖霜。

为了不破坏蛋糕的外形，我小心翼翼地坐上了中央线。我想去 SATOU 牛排屋，那里有我最喜欢的切末可乐饼；还想去拱廊和街上的各种特色小店。不过最终我只买了一杯咖啡，然后直奔井之头公园，找了个长椅坐下，并开始享用我的午餐——勃朗峰蛋糕加咖啡。

有没有产生很熟悉的感觉？

没错，《斯普特尼克恋人》中住在吉祥寺的堇总是点上一个勃朗峰蛋糕和一杯咖啡。

要想聊一聊堇，就要先说下以中央线为中心的文化和住在列车沿线的村上春树的故事。

仔细观察村上和他笔下人物的生活区，就会发现很多都是在中央线附近。村上春树在国分寺经营 PETER CAT，然后又搬到了千驮谷。他的小说和随笔总是出现中央线的终点站——国立站，还有吉祥寺站、四谷站、神田站（《挪威的森林》里直子总是默默地不停散步，就是从神田站一直走到了御茶之水站）、新宿站，等等。

20 世纪 70 年代到 80 年代初，是中央线文化迅速发展的时期。当时以高圆寺、吉祥寺和国分寺为中心，形成了备受瞩目的"三寺文化"。而该文化的起源，可以追溯到 20 世纪 20 年代。

1923 年关东大地震后，住在日本桥站附近贫民地区的市民和山手线沿线的贫困的文化艺术家们开始向东京外围大举迁移，并逐渐定居，为"三寺文化"的形成提供了氛围。

文人俱乐部"阿佐谷会"就形成于昭和时代的中央线附近。井伏鳟二是日本新兴艺术派作家，代表作有《山椒鱼》《黑雨》等。1927 年，他从荻洼搬来这里，盖了房子，开始了他在中央线地区的生活。以此为契机，在高圆寺和西荻洼站附近生活的知识分子、作家团体就以井伏鳟二为中心开始聚会。1938 年 12 月，《将棋随笔》刊登了一篇题为《生活在以阿佐谷为中心的中央线附近地区的年轻知识分子们的消极聚会——喝酒或侃大山》的文章，充分说明了"阿佐谷会"的性质。

"阿佐谷会"的主要会员有《人间失格》的作者太宰治、法国文学专家兼诗人兼美术评论家青柳瑞穗、凭借翻译 D.H. 劳伦斯的《查泰莱夫人的情人》而一举成名的小说家伊藤整、凭借《城外》荣获第三届芥川文学奖的小田嶽夫、大河小说《安云野》的作者兼评论家的臼井吉见等。可以说，推动日本近代文学和昭和文学发展的代表作家都在这个会里。

此外还有一份"阿佐谷作家村"名单，通过这份名单可以看到，当时住在阿佐谷站附近的作家有：翻译《小熊维尼》的石井桃子，她出版了很多儿童文学，对日本的儿童文学有很大贡献；诗人兼童谣作词人北原白秋等。

"阿佐谷会"的井伏鳟二在《萩洼风土记》中是这样描述当时中央线氛围的：

当时（1927 年），对文学青年来说，搬家就像是种时尚。三流作家们都在向中央线方向聚集。有人说这是必然的事情。也有人说在荻洼站方向，就是大白天穿着棉睡衣走在街上也没有人议论。这地方非常适合贫困的文学青年。

这是 20 世纪 20 年代。那之后，中央线附近地区不断发展，形成了中央线文化特有的氛围和族群，产生了一种对现有体制进行反抗的"造反精神"和全新价值观，生活方式也不断变化，亚文化、反文化成了中央线地区的文化特征。

中央线地区的贫困年轻人以"亚文化"标榜自己，自然就有很多个性十足的居酒屋、爵士乐酒吧、摇滚乐酒吧、音乐展示空间等，还有很多二手店，比如二手服装店、旧包店、古董店等。用便宜的物品打造品位和价值是中央线地区的特点。这里也被叫作"穷文人和猫的小区"，据说是因为某个小说家新婚时期比较潦倒，就住在国分寺铁路交叉地区，房子就像块奶酪蛋糕，他还养了几只猫。

20世纪70年代到80年代初期，这里展开了与酒吧、咖啡店、二手店一起回归自然的运动，不但出现了卖天然食品的餐厅和卖无农药食材的商店，还出现了和平运动、嬉皮文化和瑜伽爱好者。在整条中央线上，关于爵士乐、二手服装、旧书信息最多的要数长野站、高圆寺站、阿佐谷站、荻洼站、西荻洼站和吉祥寺站。

吉祥寺站还有名为"无名新闻"的小型摇滚乐社区，可以说是那个时代青年文化的代表。不过比起节奏布鲁斯和摇滚，以"黑人味儿"为中心的爵士乐更为流行。这里有种观念，认为"听爵士乐的人都很伟大"。这不得不让我想起两次在中央线地区经营爵士乐酒吧的村上春树。

中央线文化和中央线上的居民故事，总让我想起"压抑"这个词，出现次数之多实在让人感到压抑。就连茶馆（契茶店）的环境都经常用"昏暗"这个词描写。村上春树在国分寺站经营过的那家 PETER CAT 就在没有窗户的地下，连村上春树自己都说"爵士乐酒吧 PETER CAT 是令时间静止的地方"。不仅是 PETER CAT，还有当时的咖啡馆，氛围都很相似，都是那种"独自一人待在昏暗的地方，默默地静止在那里"的感觉。另外，以中央线为主题的流行歌曲，大部分都是小调和弦。

除了村上春树本人，他笔下的堇是最能完美展现中央线文化和中央线附近作家个性的小说人物。堇说过"要想成为主流，就要离开中央线"，可想而知，这里是由非主流主导的地区。堇认为这就是她的个性，并充满了自豪感。这样的她自从遇到敏以后，就放下了她的文章，并搬到了市区，开始接触华美的服装、美味的红酒和美食，全然忘记了自己的个性，一心只想着敏。她用自己的行动表达着爱。为了把握自己的命运，堇不断地努力着。

住在中央线附近的知识分子和明星都对自己独有的文化特质抱有极强的自信。和电影或电视相比，他们更喜欢加入剧团，或分享文化，在接受教育和育人方面也极其认真。与此同时，他们带有强烈的神秘感。说他们神秘，是因为无法快速对他们做出判断。

村上春树称不上神秘人，但在他的小说里有很多反复出现的主题——两个月亮、两个世界、高墙另一侧的另一个世界、在一个世界死去或消亡而在另一个世界却毫发无伤……

董也是通过希腊的一个洞穴进入了另一个世界。她相信与爱人是命中注定的，但也留下了许多未解的问题。那既不是死亡，也不是消亡，只是另一个世界。通向另一个世界象征着通过牺牲得到成长。就像美国作家杰克·凯鲁亚克所说：人在一生当中应该走进荒野体验一次健康而又不无难耐的绝对孤独，从而发现只能依赖绝对孤身一人的自己，进而知晓自身潜在的真实能量。想要越过充满苦痛和妨碍者的关口并不容易。

村上小说中的主人公看似麻木，其实他们是在用自己的方式经历着痛苦的孤独。在孤独中去往其他世界，从而获得成长，这又何尝不是我们每个人的故事。只有经历过极致的孤独和沉重的失落，才能向前迈进一小步。

我曾想过董为什么选择勃朗峰蛋糕？有的勃朗峰蛋糕味道很像羊羹，而我认为羊羹是年长者喜欢的美食，受先入为主的观念影响，我总觉得味道像羊羹的勃朗峰蛋糕不适合爱写文章的小女孩。不过话说回来，董每次进咖啡店都会毫不犹豫地点一份勃朗峰蛋糕外加一杯咖啡，这种令人意外的行为似乎是她艺术家的习惯，也给人一种她长大了的感觉。

早些年连锁咖啡店还不像现在这么普遍的时候，我每次进店都会点一份三明治、一杯咖啡，写作时则会点一份蛋糕。对我而言，蛋糕中的糖分可以促进大脑运转，有利于激发灵感，并且可以帮助我驱除身体的负面情绪。

《斯普特尼克恋人》就像止痛药，或者说避难港。面对无药可治的疼痛，这里的故事就像吗啡。在那些转瞬即逝的东西面前，我们会在某一瞬间感受到一种强烈的震撼，我总觉得那就是我们的命运。

无论出现何种战场
只一口就能忘记一切的兴奋剂

浓浓的巧克力软糖蛋糕

　　我至今都没弄清楚，青豆和天吾的相遇，究竟有多少是命中注定。读完长长的三卷《1Q84》，我也始终未能进入他们的感情世界。不过这不重要，重要的是，他们相爱着，并且将一起面对考验。

　　那么，在他们的战斗开始之前，我要向恋人们推荐两款蛋糕，因为我认为所有的恋人都需要蛋糕——香甜所带来的感官上的诱惑，就像和对方拥抱一般，融化你的内心和嘴角。就像兴奋剂，在吃下的那一瞬间，无论生活多么艰难，无论两人面前出现什么困境，只要一口，就能忘记一切。所以，相爱的人一定需要甜食。

第一款蛋糕是浓浓的巧克力蛋糕。使用最顶级的可可粉，烤出香味，在烤好的巧克力蛋糕上淋上油亮的巧克力软糖酱。我经常会在软糖酱里加上顶级的蜂蜜。蜂蜜也是表现情侣间亲密爱情的美食。

第二款蛋糕是表面用香草白包裹，内心火红的红色天鹅绒蛋糕。不知道大家是不是联想到了穿着白色婚纱，里面却穿了红色性感内衣的新娘。红色天鹅绒蛋糕是婚礼上最受欢迎的蛋糕之一。

天吾当然可以只选一杯咖啡，再点一些能让青豆变得健壮的菜。但是爱情当前，还是选择甜蜜的东西吧。在甜蜜中相伴，共同面对未知。战争才刚刚开始。

迎接新的家庭成员

/////

家常菜、花蛤酱汤和可乐饼

家常菜、花蛤酱汤和可乐饼·

　　有一对兄妹，成人后离开了父母，在一起共同生活，日子过得随意且和睦。然而某天，有些地方开始变得不对劲起来。"我"习惯早上起床后吃些饼干或简单地烤点面包，晚上则大喝一场；可妹妹不同，她突然开始注重外表，买好看的衣服，还很认真地洗衣服、打扫、做饭。

　　一天，妹妹突然说自己有了结婚对象。哥哥很不满意，因为那男人看起来和自己没有任何共同点——既不会喝酒，也没有幽默感，就连穿着连体衣骑摩托车的样子也叫人反感。他不明白妹妹为什么要和那种人结婚，又为什么这么着急，他简直失望透顶。

　　而站在妹妹的立场上，她也不满意哥哥对生活随心所欲的态度。她认为两人不应该互相干涉，所以从未管过哥哥，可哥哥竟然每天都和不同女人见面！哥哥已经不小了，却依然过着毫无规律的生活，遇事总要抱怨两句。要是哥哥能活得积极一点就好了，可这似乎永远都不可能。反观自己的未婚夫，虽然无趣，却很正常，她希望哥哥也能像他一样。

　　以上就是村上春树的短篇小说《家庭事件》（小说集《再袭面包店》中的一篇）的主人公，小说描绘了一对性格迥异、生活方式不同的兄妹俩。

　　在这对兄妹的矛盾中，美食贯穿始末，使得整个故事妙趣横生。

　　周末，主人公"我"和妹妹一起去餐厅吃饭，却吃到了在"我"看来"几近灾难的"意面，冲突就此展开。妹妹吃光了自己那份，她觉得虽然味道不好，但毕竟是刚开业没多久的新店，希望哥能忍耐下。而"我"面对"表面看起来是煮熟了，其实心还是硬的，奶油好像是用煮狗食的劣等货冒充"的意面，只勉强吃了一半，就喊服务员收盘子。妹妹批评"我"为什么活得这样消极，什么事都要抱怨。那一刻，"我"觉得妹妹很陌生，同时预料到了今后即将发生的变化。最终，对话就像难吃的意面一般搅成一团，曾经那种随心所欲的舒适生活已经一去不复返了。

　　终于到了妹妹的未婚夫初次到家里做客的日子。妹妹计划的菜单和"我"想吃的料理发生了冲突，这个场景最有意思。

　　妹妹打算做刚刚学会的料理，虽然是初学，但她想用这一桌子美食向男人展示自己的手艺（我也教过类似的套餐做法）。那是西餐厅常见的套餐，最先上的是冷土豆汤——维希奶油浓汤，接着是前菜——熏制三文鱼和生菜，主菜则是牛排和炸薯条。

　　哥哥不喜欢这些料理，于是开始捣乱。他说，如果女朋友准备了花蛤酱汤和搭配细洋白菜丝的可乐饼，对方一定会感动死了。很明显，可乐饼是他和妹妹原本的生活。那个"外来的"男人即将成为他们家的新成员，哥哥讨厌他，不仅因为他让哥哥想起某位讨厌的学长，还因为在吃饭这件事上，哥哥感觉被人侵犯了。

家里变得异常整洁。以前每周日"我"都穿得很随意，如今为了这个即将成为家庭一员的男人，"我"不得不穿上干净的衣服，这多少让"我"有些不舒服。男人还买了家里没有的锡焊，帮忙修音箱，亲切得让"我"倍感压力。修好音箱后，男人竟然还放上了"我"最讨厌的胡里奥·伊斯莱希亚斯的歌，真是没有一点让人顺心啊。最终，"我"把妹妹这一对儿扔在家里，像往常一样去酒吧喝酒，毫无意义地同女人做爱。"我"的身体出现了对这种变化的不良反应，当天晚上，"我"吐掉了吃下去的所有东西。回家后，"我"挑明了自己对现在这一切的陌生感，以及对妹妹的婚姻和今后的担忧。

村上小说中很少描写主人公一家人共同的经历或红白喜事之类的内容。主人公不需要同其他人缔结亲密关系，想当然地独自活在这个世上，他们的故事都是围绕自己选择的人进行的。

《家庭事件》也没有出现完整的家庭，而是"我"和妹妹的关系，这在村上春树的小说中也不多见。关于村上春树的家族史，我们只知道他的父亲是语文老师，与夫人分居，村上和父亲的关系并不好。除此以外，再无其他。

村上春树借《家庭事件》讲述了一个简单的真理，那就是世间没有永恒不变的事物。不要误认为平凡的生活总是在不断重复，不要以为可以回到以前。其实生活是在向未知方向前进，不断发生着改变。

给所有不喜欢与家人聚餐的人（包括我自己）

通心粉 & 起司

如果有人问我：和家族亲人聚会时，什么美食最合适？我一定会感到苦恼。在所有的人际关系中，与亲人的关系是最复杂的。无论是给朋友、爱人、喜欢的编辑，还是商务会议推荐菜单，我都可以在五分钟内做出决定。唯独家族聚会——和菜单比起来，我总是先考虑这到底算不算聚会——常常让我感到惆怅。

时光过滤着世间的一切，也带走了无数的曾经。失去联系的亲戚越来越多，不知道父辈大人们是否会感到不舍或惋惜，不过对我来说，这似乎是件让我倍感清静的事。并非我人情淡漠，不重视家族亲戚，只是和他们有些格格不入。小时候，我们一家人几乎没有温馨地下过馆子；除了中秋和春节，亲戚们也从不聚在一起吃饭，彼此感情不深。很多亲戚都是大嗓门儿，吃饭时动不动就大声插话，像吵架似的，完全破坏了餐桌的气氛。这一点，我从小就很反感。

有时想看看彼此过得怎样，又找不到合适的契机，就需要美食。

如果是新人或第一次来家里的客人，为了给他们留下好印象，可以像《家庭事件》中的妹妹那样准备熏制三文鱼、牛排、白葡萄酒套餐。不过毕竟是在家里，不是在饭店，分盘进食总感觉有些隔阂。但如果觉得小说中的哥哥推荐的花蛤酱汤和可乐饼不太用心的话，那就不妨试试由各种食材混合煮成的日式火锅或寿喜烧。可以加入蘑菇和豆腐，也可以把大家带来的各自喜欢的食材放进去，既可以当主食，又可以当下酒菜，一举两得。大家围着桌子边吃边聊，喝点小酒，顺便给对方夹菜，其乐融融。

如果选择西餐的话，可以考虑烤鸡或西班牙海鲜饭。千层面也不错。不过我自己一般会做通心粉加起司。是不是觉得太便宜了？事实上，用顶级食材制作简单的料理，往往会产生独一无二的魅力。

取两三块高级起司，融化后加入奶油酱，然后与通心粉搅拌均匀，盛入烤箱用容器中，在表面撒上黑麦面包屑、蒜、香草和起司碎的混合物。

烘烤后的意面＆起司与白葡萄酒、红葡萄酒或啤酒都是绝配。虽然不华丽，也无甚特别，但无论何时看起来都那样美好，令人有所期待。

我写过的无数封信，都去哪里了

/////

极普通的汉堡牛肉饼

极普通的汉堡牛肉饼

在村上春树的短篇小说中，我最喜欢的要数《信》（有的版本又名《窗》）。

除了美食，信也是村上文学中经常出现的素材。他的小说和随笔的题目中出现"通信"（例如《袋鼠通信》），也常有主人公写信的场景描写，《挪威的森林》中渡边在大学教室里写过信，《斯普特尼克恋人》中堇在罗马写过信。之所以深深陷入他们的感情中，也是因为写信是我最喜欢的事情之一。清晨或黄昏，坐在空旷无人的教室，窗外略过小鸟的身影，清风送来远方的思念，又将笔尖汩汩流出的思念捎给远方……或许生活在 20 世纪 90 年代以前的人们，对这种寄托思念的方式更加有感触。我虽不是顽固守旧的人，但对于写信，却有着近乎偏执的爱好。

说出去的话就像泼出去的水，对此我感到恐惧。尤其是激动或者冲动之下，一不留神就将掩藏在心底的秘密说出口了，无法取消，也不能收回，既尴尬又恼火，偏偏还不能发怒。所以，不管是普通朋友还是恋人，对于有些想法，我更喜欢用文字整理出来，这让我感到安心。至今为止，我写了很多信。我曾每天都给心仪的对象寄电邮，也曾把自己的想法洋洋洒洒地写在纸上放进朋友的衣服，高中时我还给喜欢的老师写过一封很长的信（后来听说他是和师母一起看的，这让我觉得很尴尬，一连四天都忐忑不安）。

那么多封信，还有我的心，都去了哪里了呢？还活在世上的某个角落吗？不，是被装进了当时那个人的心里吧？

《信》的主人公曾在一家莫名其妙的小公司做"Pen-master"，具体说就是每个月写三十封以上能打动别人的信。第一个给"我"写信的是一位三十二岁的女士，"没有小孩，丈夫在一家有名的——世上排名第五——贸易公司工作"。当"我"在最后一封信中告诉她自己月底将辞职后，她邀请我去做客，说要给"我"做之前在信中提到过的汉堡牛肉饼。

小说以"我"给女士的一封回信开篇，全是关于汉堡肉饼的故事：

> 汉堡肉饼与肉豆蔻关系的那段描写十分精妙，且富含生活气息，厨房中洋溢的热气和菜刀切洋葱的咚咚声仿佛环绕着自己。因为这样的词句，连信都仿佛活了起来。

"我"还告诉对方，当天夜里，自己就跑去附近的饭店要了一份，没想到口味有八种之多，日式的、夏威夷式的、得州式的、加州式的，等等，但都不是普通的汉堡牛肉饼。因此，这位女士在信中特别注明将为"我"做"极普通的汉堡牛肉饼"。

诚如"我"评价女士的来信时所说，这篇小说也充满了浓郁的生活气息，使人觉得每个句子、每个场景，都是活的。无论是电车疾驰而过的声音，还是在阳光下拍打被褥的声音，抑或美味的汉堡牛肉饼，还有咖啡的香味、伯特·巴卡拉克的音乐，让你的五感都能得到满足。尤其是女士亲手制作的汉堡牛肉饼，肉饼里加上恰到好处的佐料，表面烤得脆脆的，一切下去就会有肉汁流出来……两人虽是第一次见面，但已在这充满阳光的厨房里相互收发了无数封信。现在，他们正在一起制作并享用曾用文字写下的美食。

无论是初读这篇小说时，还是以料理为专职的现在，我都觉得这是极其浪漫的事。吃完汉堡牛肉饼的两人虽然没有成为恋人（小说到吃饭这里就结束了），但让我下定了决心，要为我至爱的人做一次"极普通"的汉堡牛肉饼。

男人和女人通过信件交流美食，无论如何都是件有趣的事。城里街边的美食店、自己独创的烹饪方法、关于食材的故事，都可以入信。或者把信当作菜谱，这样可以将其自然而然地传递下去。这样做出来的美食，不应该用聊天软件将照片传给对方，应该用铅笔画下来，再和回信一起寄给对方。

我经常对朋友说，如果碰上喜欢手写书信的人，我一定会立刻陷入爱河的。但朋友却断言我会孤独终老。是啊，现在哪里去找手写书信的人？除了简短的便条，我几乎没有收到过真正的手写的信。但我仍然愿意相信，这不只是我的幻想。

阅读你的文字是幸福的
却又比任何人都不幸

嫩豆腐沙拉

村上春树每天坚持写作和跑步，对于这样一位擅长自我管理的人，什么美食和他相配呢？若是要我给他准备料理，还真是让我感到为难了。他习惯吃健康食品，想来很多东西都不吃吧。村上文学中极具分量的美食有意面和沙拉，或许生活中的村上也经常亲自做这些吧？

　　他会喜欢韩国料理吗？我不确定，不过我觉得他一定不喜欢肉和泡菜再加上满满的辣椒面这种重口味的料理。就拿汤来说，村上喜欢的是清汤，而不是辣汤。

　　和村上春树不同，我非常喜欢中国料理（村上曾说自己不喜欢中国菜）。我经营的那家小厨房在延南洞，那里是个小小的中国城，我经常去寻找各种美味的中国料理。啊，这样说的话，村上岂非不会来我所在的街道了！最近在我的小厨房边还新开了家日本拉面店，而村上也说过光是闻着拉面的味道都觉得是种刑罚……看来村上若来韩国，是决计没有理由到延南洞来了。突然觉得惆怅。

　　很久以前，我就开始读村上的随笔，总在寻找有没有自己喜欢的食材。虽然我也喜欢啤酒、可乐饼和意面，但最吸引我的当属将豆腐、蔬菜和海带搭配而成的健康食品。旅行的途中，每次看到海水中舞动的海带，我都禁不住咽口水——村上曾说过夏天就该吃沙拉、海带和面条。我也这么想，但我想用豆腐代替面条。

　　夏天，在冰凉的嫩豆腐里放上海带、蔬菜、洗过的泡菜，再加入含有生姜、酱油、芝麻的东方酱汁搅拌，最后和啤酒一同享用，这简直就是天堂的味道。没有泡菜的话，也可以在嫩豆腐上撒些生姜末、柴鱼片和酱油。搭配一些含少量蛋白质的配菜，如与生姜一同烤制的薄猪肉片或马鲛鱼，然后喝上一口我喜欢的大麦烧酒，简直妙不可言。

前面提到了豆腐和啤酒，我想到了自己第一次去书店买村上春树先生的书，我被他的书吸引，从此一发不可收拾。我还想起了去和其他喜欢村上作品的书友们见面的事情。原本我就喜欢阅读，但读他的书总感觉有什么地方不一样。不会完全陷入主人公的角色，也不会将自己带入故事情节之中，就像在听一个和我们共同生活在这个世界上的人讲故事。这些故事有种魔力，让我很肯定他们真的存在于某个地方，现在就和我生活在一起。这些故事并不常见，可以说是几近科幻小说的程度，可我为什么会认为它存在于我活着的这个世界呢？为什么感觉总有一天我也会遇到这样的事情？我觉得很神奇。直到现在，我仍然这样想。

我坚信世间所有文字，都与写作和阅读的人紧密相连。我们在别人写的故事中寻找自己的影子，而这些故事也会给阅读者带来惊喜和享受。感谢每一个给我带来惊喜的故事，感谢村上春树，感谢在过去二十年的时间里认识了村上春树。

阅读您的文字是幸福的，却也比任何人都不幸。长久以来，是您的书和您书中描绘的世界支撑着我。长大一些后，我尝试去爱，我想和对方在一起，同时又想独自一人生活，对于这种充满矛盾的情感，是您教会了我不要害怕。您让我明白了每次跌入无底深渊，事实上都是在进步，每个人都在攀爬楼梯、跨越门槛的旅途之中。在令人无法忍受的孤独和冷漠中，命运悄然改变。您让我知道，我也可以成为您笔下那些勇往直前、不断旅行的主人公。这让我觉得很幸福。

下次再出新书，我一定会准备一桌豆腐宴，慢慢阅读您的书，这是只属于我的"村上春树日"，还要喝上一杯您喜欢的札幌啤酒。感谢您一直都在努力写作。我亲手做的豆腐料理，还有像刚刚开始学习恋爱的孩子一样写的这封前言不搭后语的信，都让我很是惭愧，不过这里充满了我的真心和对您的祝愿。

让我们在书中相会吧。

嫩豆腐沙拉

在炎热的夏天，一盘可口的嫩豆腐沙拉，既消暑又健康。嫩豆腐沙拉制作简单，可根据个人口味配不同的蔬菜和酱料。下面介绍一种日式嫩豆腐沙拉的制作方法。

◇◇ 材料

嫩豆腐：	1块	白 糖：	1/2大勺
西生菜：	4片	食用油：	1/2大勺
黄 瓜：	1/3根	橙 汁：	3大勺
萝卜苗：	少许（可选）	味 噌：	1.5大勺
洋葱末：	1大勺	木鱼花：	若干（可选）

◇◇ 做法

酱 汁：将洋葱末、白糖、橙汁、味噌混合，加入食用油拌匀。

备配菜：将西生菜切成边长为4厘米的片状，将黄瓜削皮后切成6厘米的长条。

摆 盘：嫩豆腐放入盘中，放上西生菜、黄瓜，并淋上酱汁，最后用萝卜苗与木鱼花装饰。

第 1 2 3 4 章 ▲

没有美食与音乐的世界
一定很无聊

村上春树西餐厅

/ / / / /

爵士乐酒吧与简单西餐

爵士乐酒吧与简单西餐

　　通过村上春树的处女作《且听风吟》，我们可以大致了解1979年前后的日本社会，以及"久留米热潮"（一种探访美食的流行趋势）给日本饮食文化带来的影响。面对陌生的外国文化，日本人总能以自己的方式接纳，并通过匠人精神使其普及。西餐美食不只是出现在高级西餐厅和百货商场的食品区，更是融进了日本人的日常生活。很多热爱料理的日本人都能制作出各种美味而精致的面包、蛋糕、饼干。有些人在家里就能制作洋白菜卷、牛排、可乐饼、意面和浓汤。

　　村上春树在他的爵士乐酒吧卖自己制作的简单西餐，我想这或许可以表明，他曾去餐厅亲自品尝过这些美食，并且有过相当的研究和尝试，否则他怎么能将料理的制作要点把握得那么恰到好处？他笔下那些可以在家里做出各种料理的主人公，其实是他自己的真实写照。当我作为一名料理师重新阅读这些内容的时候，我很确定写书的人一定做过饭，这让我感到既惊讶又佩服。

　　其实在专业学习料理之前，我对村上作品中出现的美食一知半解。

甚至到 20 世纪 90 年代中期，我都还没见过加入了新鲜罗勒的意面和欧洲鳗的比萨。村上笔下的主人公们在意大利餐厅喝的意式浓缩咖啡，也是到了 1995 年，我才第一次在罗马背包旅行时尝到。（二十年前，韩国只有几家咖啡店卖稀释的榛子咖啡和白色奶浆维也纳咖啡）更不要提威士忌、红酒和鸡尾酒了。简易西餐倒是常见，比如撒有胡椒粉的奶油浓汤配煎面包、切成丝的洋白菜和黄黄的腌萝卜、炸猪排配上拌有蛋黄酱的通心粉、简单的套餐，但我尚未正式吃过或做过炖牛肉。所以在读村上的小说时，总是禁不住怀疑他写的意大利饺、意式焗饭、提拉米苏、鸭肉派、鲷鱼酱糜、舌鳎鱼慕斯、欧芹面包屑烤小牛肉、开心果、德国酸菜等美食是否真的存在。小说家可以创造出虚构的人物，想必轻而易举就能虚构出这些菜名吧。我还将这些陌生的菜名写在日记本上，每次去书店看菜谱都会找一找。

如今，我从事烹饪工作已十二年，我学会了烹调豌豆汤、配有欧芹面包屑的烤小牛肉、烤羊排、各种肉派（英国肉派最好吃！）、意面、三明治、提拉米苏等，但仍有很多"村上美食"是没有吃过的，比如乌龟汤和酸奶油拌鹅肝。

村上春树对料理的描写十分精准，后来我了解到，他只写自己熟悉的料理，并力求写得清楚明白，这又不得不使我再次感叹。不少小说家只是想以美食吸引大众的眼球，他们自己其实不懂料理，也不愿意学习或认真收集资料，因而只是简单地罗列一下菜名。

每次村上有新作出版，我都会首先找和美食相关的故事，简直就像去饭店要看菜单一样（在做和音乐相关的工作时，我也曾仔细翻找村上作品中出现的音乐故事）。

从简单的三明治到正宗的套菜，村上作品中出现的美食简直可以出本料理书了。日本已经出版了这样一本书，可惜并非村上写的，而是像我一样喜欢"村上美食"的书迷们编写的。

那么，我也写一本料理书怎么样，村上春树先生？例如《和绿子一起用五千韩元准备一顿关西美食》《天吾的咖啡教室》《胖孙女的快手三明治 50 选——附〈保持肥胖的秘诀〉》《羊男甜甜圈连锁店的成功秘籍》，等等。

村上春树的面条之路

///////

冷面、意面、乌冬面和荞麦面

冷面、意面、乌冬面和荞麦面

　　村上春树非常喜欢面条，冷面、意面、乌冬面和荞麦面，他都喜欢。他说过夏天就算在海外，也要吃上一碗冷面。他喜欢的冷面很素——将素面煮好后，加上清口的汤汁、鱼露和生姜。

　　说实话，我不喜欢素面。我吃饭很慢，而素面容易发胀，最后就不好吃了。而且很奇怪，我一吃素面就消化不良。相比之下，我更喜欢像刀切面、粗乌冬、片汤、意式干面、宽意面这些较宽的面种。我喜欢给朋友们做意面，如果有人无心说了句"简单地煮个素面拌着吃吧"，我就会不由自主地来气：什么嘛，这么随便！

　　不过事实上，别看素面吃起来方便，想要做好可不容易。首先，面要煮到恰到好处，然后过冰水，还要单独制作面汤或拌面的酱汁，而且动作必须要快。既然如此，为什么大家都觉得素面是简单的料理呢？我不禁要替制作素面的人们鸣不平了。

　　再来说意面。

　　村上春树曾在一篇随笔中抱怨意大利糟糕的邮递系统，原因是他始终没有收到从日本寄来的冷面。我理解他火冒三丈的原因，同时也觉得有趣至极。他素来能够进行严格的自我管控，没想到竟然因为冷面失了态。（莫非一到夏天，他就必须吃过冷面才能进行自我管理？）总之，经此一事，村上便对意大利的邮递系统失去了信任，后来要邮寄《挪威的森林》原稿时，他竟然特意跑去了伦敦。他喜爱意面，意大利又是意面的故乡，但每到夏天看到冷面，他都会想起几十年前的这段插曲，然后忍不住生气（摩羯座 A 型血人的特点——伤过一次心就不会轻易忘记）。

村上笔下的主人公们（无论是虚构的还是确实存在的）经常吃意面，这使得意面成了读者们印象最深刻的料理，例如游记《远方的鼓声》记录了西西里岛的墨鱼汁意面（我也做过，虽然样子难看，但非常好吃）、《家庭事件》里放有罗勒的意面与加有茄子和蒜的意面（应该是番茄酱）。要说最奇特的意面，当属冰箱烩菜意面——将吃剩的菜和泡菜、小银鱼或小菜混在一起拌面吃，就像韩国的拌饭，旨在将冰箱里的剩菜吃干净，这是"村上式意面"。也可以加些萝卜秧、鱼粉拌紫菜和年糕。我非常喜欢这道料理，并尝试做出专属于自己的意面，还为此拍过画报。家里出现多余的蔬菜但又不够做其他料理时，我就会把它们切丝，用橄榄油将蒜炒香，再与蔬菜一同做成意面。加入少许酱油味道会更好，再来个煎蛋或水煮蛋，简直营养满分。

现在想想，我在国外生活和旅行的时候，用过很多奇怪的食材制作意面。村上春树在结束希腊某岛的生活时，将冰箱里所有的材料都放进了意面里，还烤了烤饼，吃了番茄。这个场景深深地印在我的脑海中。每离开一座城市前，我都会在民宿和朋友开一个"清空冰箱聚会"，将冰箱里的一切都做进意面当中。

亚洲国家的人们一般更习惯于吃面条或米线。去越南时我首先吃的是米线（好想学做越南料理），去新加坡时我的旅程是以炒面开始的。我也很喜欢日式拉面，伊豆的北方町以日本三大拉面闻名，我一到那儿就吃了碗浓浓的酱油拉面。小小的村庄里还有几家村上春树绝对无从下口的中华荞麦面店。这里的荞麦面自然也很有名，泡完温泉后，我又在休息站吃了美味的荞麦面。这里使用的荞麦可是老板亲手磨出来的。天妇罗也很好吃，不过因为我个人不喜欢汤汁浸泡过的，所以最后点了面和天妇罗分开盛放的荞麦冷面。

后来，日本的朋友还带我去了神乐坂的一家荞麦面店，味道非常棒。村上春树曾说在荞麦面店喝清酒很有意思，现在我完全理解了那种感觉。

总之，面能给人一种无法用语言形容的舒适感。

还有乌冬。我第一次吃的乌冬面是铁板乌冬，就是将乌冬面放在滚烫的铁板上，加各种食材，最后随意插上些鱼糕。

说到乌冬，自然就不得不说村上的"超有深度"的赞歧乌冬面之旅。村上的随笔固然都很有趣，但我觉得，这篇文章尤其有趣。且不说乌冬面的味道赞到爆（这篇文章中，"味道禁不住让人拍膝叫绝""真品中的真品""够味儿"等词句频现，可见味道确实不一般），光几家面馆的个性也够让人脑洞大开了。

读到小县家乌冬集体礤萝卜的场面，我就忍俊不禁。而对于"有深度中之最有深度"的中村乌冬面馆，不但交通不便、位置偏僻，而且客人得自己下面吃，自带鸡蛋、萝卜也行，酒水也无限制，实在"非同一般"。我曾问在四国岛的日本朋友村上笔下的中村面馆是否真这样"野"？他告诉我，那是在村上写这篇文章之前，现在虽然还在一大片农田之中，但交通便利了很多，招牌也超大，老远就能看见，不再是村上说的"连个招牌也没有"，不过味道确实没话说。在GAMO乌冬面馆，安西水丸对那里的土豆饼赞赏有加。待乌冬之旅结束，村上春树说自己的"乌冬观发生了革命性转变"。

总之，通篇文字都充满了动感，就像刚摔打出来的乌冬过了水一般韧性十足。据我所知，不少村上迷都特意去四国岛进行了乌冬面之旅呢。

墨鱼汁意面

◇◇ 材料

意大利面：	150 克	小 辣 椒：	1 根
橄 榄 油：	1 勺	墨　　鱼：	1 只
墨 鱼 汁：	半杯	白葡萄酒：	2 勺
蒜：	1 瓣	盐、欧芹：	少许

◇◇ 做法

1. 撕开墨鱼，除去其体表的膜；把墨鱼躯干部分切成一个个的圆圈，其余部分切成大小合适的片状和条状；小心翼翼地取出墨袋，不要弄破；浇上墨鱼汁。（如果嫌麻烦，也可在市场上购买收拾好的乌贼哦）

2. 煮面。

3. 将橄榄油、蒜和辣椒放入锅中翻炒至发出香味儿，然后将切好的墨鱼放入一起炒；加入白葡萄酒和墨鱼汁，直至将墨鱼煮熟。

4. 将面控水后，放入炒墨鱼的锅中混合，加盐调味。

5. 出锅，撒上切好的欧芹。

什么时候的豆腐最好吃

/////

从豆腐小贩那里买来的豆腐

从豆腐小贩那里买来的豆腐

村上春树说自己每天吃三块豆腐，还尝试过嫩豆腐减肥法。他指的自然是日本豆腐，小块小块的那种，就像韩国切开卖的豆腐一样，三块自然不在话下。要是像韩国传统市场或集市上卖的大块豆腐，一块都吃不下吧？

豆腐什么时候吃最美味？对于这个问题，村上春树曾像开玩笑似的写过一篇随笔，他说做爱后吃的豆腐最美味。具体说，下午和寡妇做爱后，在对方准备晚饭的时候喝上一杯，再叫来卖豆腐的小贩买上一块豆腐，那豆腐最好吃。村上大叔确实够淘气，这也是他保持源源不断的创作灵感的原因之一吧。

如果问我：什么时候吃的豆腐最美味？

我首先想起的是儿时的一个雨天，大人们说要喝上一杯就让我去买豆腐的情景。那是三十几年前的事了。我所在的小区有一家食品店兼做豆腐，下午5点左右，老板会在自行车上放几盘豆腐，然后在小区转悠着卖。但豆腐大叔下雨天是不出来的，所以我要打着伞跑到他的小店去买。也因此，我买到了刚出锅的豆腐。大人们将热乎乎的豆腐和着泡菜吃，而我则是蘸着酱油吃，那梦幻般的味道让我至今记忆犹新。我以为豆腐只能煎炸或煮汤，第一次知道原来刚出锅的热豆腐根本无需烹饪竟也这般美味！后来那个小女孩学会了煮凉豆腐的方法，也为了做好豆腐泡菜这道菜付出了很多努力。但无论做出什么样的豆腐料理，她都忘不了那个雨天吃到的"酱油豆腐"。

关于豆腐还有一个印象深刻的记忆，那是 2002 年料理学校毕业考试结束后吃的豆腐花。英国的超市很少卖豆腐（可以长期保存的盒装豆腐吃一次就够了），几个月我都没吃过豆腐。天气一变凉，我就想吃豆腐花。消化不良时，我也会闷闷不乐地想："要是吃个煎豆腐就能活过来了……"毕业考试在即，每天都要实习，忙得不可开交。所以我制订了紧张的备考计划，并决定考试一结束就去韩国城吃份豆腐花。

历时两天的考试让我筋疲力尽，不过还算顺利，加上当日天气晴朗，我的心情也不错，于是直奔韩国城——位于伦敦西南郊区的新莫顿。我在超市买了两个大碗和两盒包装好的嫩豆腐，在韩餐厅里流着泪吃完了豆腐花。那是久违的味道，是对自己的犒劳。

韩国女人对英国料理的长篇大论

/ / / / /

英国只有暗黑料理吗

英国只有暗黑料理吗

为了完成手稿并避开意大利糟糕的邮政系统，村上春树去了伦敦。在伦敦没什么可吃的，他就在超市里买了烤牛肉夹在面包里吃。

我读到这个故事的时候，不禁想：英国料理到底有多难吃啊——之前在希腊和意大利时，他可是大谈美食和超市，在英国却只讲看的表演和写作。

1994 年冬，我也到了伦敦，那是我人生第一次背包旅行。在当时，我还不知道圣诞节对于欧洲来说是如此重大的节日，从 12 月 24 号到伦敦一直到 26 号，由于店铺商场休业，我什么也做不了。除了旅馆提供的早餐，其他的几顿，我就买了一瓶果酱，抹着法式长棍面包吃。本打算一定要吃一餐当地的料理，结果根本没有在圣诞节营业的餐厅。我随意逛了几个博物馆和一些小地方，晚上就坐上渡轮去了爱尔兰。

有人曾在推特等社交网络上说英国是一个没有美食的国家，甚至毫不留情地说"英国人一定是丧失了味觉"。我曾为旅行、学习语言和料理三次前往英国，也确实从未感觉那里食材丰富。尽管如此，我认为一味批判英国料理难吃的人是片面的。每个国家、每个地区的料理都有其独特的风格和味道。很多时候，"难吃"不过是因为不合自己的口味罢了。至于那些刻意利用光线将英国料理拍得很难看、以极端的词汇抱怨和评论者，其做法不免令我感到厌恶。

每一个地方的料理，都和其饮食文化及风土民情息息相关。对我个人而言，我也不是很中意英国料理，但我并不会因此批判英国人不懂料理。设身处地想想，在很多外国人看来，韩国料理和韩国人也很难理解——"这帮人真野蛮，连狗肉都吃""斑鳐这么腥，居然也吃得下去""所有菜都加辣椒和大蒜，嘴肯定很臭"，或者大老远看见韩国人走来就捂鼻子——作为韩国人，当我们面对这些盲目的贬低和拒人千里的行为，难道不会生气吗？碧姬·芭铎批判韩国人吃狗肉这件事时，我们就很愤怒。

作为在英国学习料理的人，我要为英国料理说几句好话。事实上，英国料理并非一直都是"难看又难吃"的，对英国的料理历史稍加了解就能知道，中世纪的英国可以说是美食之邦。那个时代，诺曼人东征西讨，带回了很多像肉豆蔻、藏红花、肉桂、南姜、丁香等在西北欧不常见的食材及香料。这些从东方引

碧姬·芭铎：20世纪法国性感女星，1934年9月28日生于巴黎，1973年退出影坛后致力于动物保护事业。

进的新玩意儿为英国菜注入了新元素，使其有了自己的风格。英国的厨师们结合东西方料理的特点及烹饪手法，推陈出新，创制出了各色菜品。如果看过中世纪英国菜谱的真容，你就不得不为其创意和技艺感到惊叹。

那么，为什么现在的英国料理会有那么多差评呢？这要从工业革命说起。当时由于工业化和城市化的发展，大量农民放弃土地和耕种，导致英国新鲜食材短缺，不得不通过远途运输来补给。鉴于马车的运输效率低下，英国人想出了各种防腐措施，并尽量选择不易腐坏的食物，例如土豆。同时，在工厂忙碌了一天的英国人回到厨房后，很难有心思进行精细地烹饪，于是英国料理的主要烹饪手法慢慢演变成水煮，虽然味道不好，但安全省时，还能填饱肚子。而两次世界大战更使英国人对食物的要求降低到"只要能吃饱"的程度。

20世纪90年代后期，因为疯牛病，英国开始推广健康食品、高质量食材和有机农项目。为了尽快普及，电视台的黄金时段会播出很多美食类节目，如我们熟知的厨师杰米·奥利弗的节目，周末上午还会进行五个小时的美食表演。超市里展卖着全世界各地的食材，比较陌生的食材或有机农食材旁还有厨师和营养师合作编写的菜谱，为大家介绍烹饪方法。

但是，"只要能填饱肚子就行"的饮食习惯由来已久，要改变并非一朝一夕的事。为了改掉大人们不计较食物好坏和孩子们沉迷于加工食品的习惯，杰米·奥利弗一直在促进提高伙食预算这一计划。

2008 年在南美旅行时，我问在墨西哥遇见的英国朋友现在最有趣的英国电视节目是什么，我得到的答案非常有意思——他说是迪利亚·史密斯（英国最著名的料理节目主持人之一，以教授基础料理技巧的"how to"系列闻名）的料理节目，主要就是教大家如何利用冷冻食品和新鲜食材共同烹调出美味料理。后来我个人最喜欢的美食作家兼主持人奈杰拉·劳森也推出了一档《奈杰拉轻松煮》的节目，就是介绍如何用买来的半成品烹饪或制作快手菜。瞧，直到今天，英国的媒体人仍在努力启迪大家："这个做起来很简单""冷冻食品可以用""这样就可以快速做出美味料理啦""让我们用半成品做出美味料理，并一起享用它"。

值得一提的是，在英国工业革命峰端的维多利亚时代，英国开始流行下午茶，由此烘焙自然也得到了发展。人们一天只吃两餐，所以早餐有五道程序之多，这就是英式早餐（当然饭店和咖啡店也提供只由鸡蛋、香肠、培根和面包组成的简便早餐）。午饭和晚饭之间为了减少饥饿感，他们就拿出硬饼干就着红茶吃，这就是从下午 4 点开始的下午茶时间。另外，英国阴天多，一到晴天，很多人就会打包食物外出用餐，这就发展成了野餐。

当然，今天的英国也有其特色美食和饮食文化。比如用南方地区丰富的乳制品制作而成的冰激凌或搭配着凝脂奶油的司康。再往下就是苏格兰，那里有丰富的海产品。曾经称霸世界的日不落帝国完美地吸收了世界各国的饮食特点，在那里可以尝到不同风味的料理。

由于英国传统的饮食文化断裂，现在的英国人在接受世界各国美食这一点上是十分开放的。从 1997 年我去英国学习语言到 2001 年为学料理再次前往英国的四五年间，英国的超市就有了翻天覆地的变化，可以说，料理是整个英国的热门话题。我觉得自己还是很幸运的。

村上曾是家庭主夫

/////

居家生活也不错

居家生活也不错

　　婚后大约过了两年，村上春树让妻子外出工作，他就在家里当起了家庭主夫。那时家里连冰箱和洗衣机都没有，生活虽然拮据，（是住在起司蛋糕模样的家的那段时间吗？）但既规律又悠闲，他自己倒觉得很幸福。

　　村上春树说过，男人们可以试着过一年左右家庭主夫的生活。他曾和安西水丸分享婚姻生活中的琐事，说自己不会随便穿着走形的衣服出现在夫人面前，也不会让她看见自己没有梳头或放屁的样子。为了在夫人面前展现良好的形象，村上把头发梳得很整齐，穿干净的衣服。长跑后，汗流浃背的他会努力让自己的呼吸平缓下来再回家。这些让我觉得村上春树很男人，很有魅力——大学时代就结婚，在亲密关系中能够一直坚持做好自我管理。多少男人能够做到这一点呢？

　　我想起了我的二姨妈。每天早上，她起床后做的第一件事就是化妆，而且一日三餐从不落下。随着年龄的增长，我越来越切实地感觉到，几十年如一日地坚持化妆和按时吃饭是多么不易。

村上春树描写自己主夫生活的文章，配上安西水丸用简单的线条描绘的插画，使人一看就能感受到生活的真实性——每天简单而重复着的日子。在一个村上春树书友会上，我曾为会员定制过村上春树马克杯，当时选的两幅插图是安西水丸的"主夫的生活"和"描绘村上春树脸部的方法"。我自己一直在用。有一天爸爸说要用那个杯子冲咖啡，结果哗啦啦摔碎了。那个杯子是限量定制的，再也买不到了啊。哎！

虽说简单而重复，但生活并不是无聊的，尤其是与美食相伴的日子，即使一个人，也不会觉得孤单。2011 年的秋天，我遇到了一些挫折，于是独自搬到了骊州，过上了十分规律的农耕生活。如果把那时的生活画下来，也一定会像简笔画一样单纯而美好。秋冬季节是比较闲的，我的大部分时间都花在了烹饪上。而由春入夏时节，我因耕种了 20 多坪（1 坪合 3.3057 平方米）的土地，每天忙得焦头烂额。

下面是我每天的生活：

早上 6 点（盛夏 5 点）起床。

拔杂草（早上有露水，草更容易拔）、剪枝或收割等农活，几乎每天都要花三个小时。

上午 11 点吃早午饭，在气温升高前骑车出门，权当运动，需要的话顺便逛逛市场（自家田地里有做沙拉用的青菜、茄子和番茄等蔬菜，所以主要是买啤酒和鸡蛋）。

回家后洗澡，并将骑车外出期间洗衣机洗好的衣服晾到屋外，然后听会儿音乐或打盹儿，让身心得到放松。

下午4点打扫房间，决定晚餐菜单，将食材准备好，再去田里。

太阳落山时给田地浇水，然后坐在院子里喝着啤酒或柠檬汽水看日落。

晚上6点做晚饭（少量米饭配小菜和啤酒），然后刷碗、睡觉（要保证第二天凌晨起床，这是必然的）。

从时间表来看，没什么特别的事情，日子就在这样的重复当中一天天过去，但我并不觉得无聊。唯一感到遗憾的，就是没有时间写作。我很佩服那些白天工作、晚上学习或写作的人，我自己是无论如何都做不到的。常常有了思路，却因为不知从何下笔，或被别的事情一打扰，整个感觉就涣散了。

夏天结束的时候，因为一些事，我告别了田园生活，原本只是暂时的，却不想再也没能回去。那是有生以来最平静的时光，我几乎把所有的精力都用来自我治愈。在泥土和阳光之中，我深切地感觉到，不管发生什么，一定要努力活着就好。

事实上，在去骊州之前，我就曾想象过退休后的生活——

住在能看到大海的小房子里，旁边有自己耕种的田地。有大海就可以经常烤海鲜（我最喜欢的美食是烤海鲜），有地就可以种香草和蔬菜（我希望是比较深的土地，这样可以种土豆或其他根茎类植物），还要密密地种上我喜欢的绣球花。日落时，我坐在廊台上用吉他弹上一曲巴萨诺瓦以此结束一天的生活。对了，还要养两只柯基犬，名字已经想好了——切达和可乐饼。

巴萨诺瓦：一种融合巴西桑巴舞曲和美国酷派爵士的"新派爵士乐"。

这场景时常在我脑海中涌现，我知道，只要我想，总有机会去过那样平静的生活。只是现在，我更想制作出美味的料理，把自己的经验分享给大家。那段日子虽然短暂，却让我充满了电，到现在依然支撑着我。

挑食主义者和永远的运动者

/////

只要坚持运动，就可以维持运动开始的状态

村上春树写过几篇关于挑食的随笔。他本人可是相当挑食，还曾感叹自己一个完全不能吃中国料理的人为什么要跑去中国吃比萨，简直就是自虐。他讨厌中国料理已经严重到了只要看到饭馆里有红色装饰物全身就会产生抗拒反应的地步。（明明中国料理中也有很多他喜欢的豆腐料理啊！）就因为这样，他的夫人只能自己一个人去吃中国拉面，结果遭到小女生们的议论，说"不想成为这种一个人来吃拉面的老女人"，夫人因此发火，可他还是不能靠近中国餐馆。

我虽不能说挑食，但也不喜欢口味过重的食物，无论是酸味、甜味还是辣味，只要过于刺激，我就难以接受，例如蓝纹奶酪和斑鳐（我曾因吃斑鳐烫坏上腭）。还有海鞘——小时候姑姑们在院子里剥海鞘，那特有的气味简直令我窒息。三年前的一天，我和朋友去居酒屋，朋友点了海鞘（很多人都会习惯性地点海鞘，朋友大概也以为我不会排斥吧），我为了不让自己被贴上"挑食"的标签，就勉强吃了一点。

那是在札嘎其市场附近，海鞘是相当新鲜的，但我吃得有些痛苦。那次体验让我知道了自己不喜欢像海鞘那样滑溜溜、又稀又软的食物。我不会特意去吃粥和浓汤（我倒是很喜欢做这些料理）、果冻和慕斯蛋糕。另外，青阳辣椒和蒜我也吃不了，倒不是因为刺激，而是身体本身无法接受，每次一吃就肚子疼。

　　长期挑食会引起健康问题，例如营养不良——这是健康专家的忠告，但是村上春树显然不存在这样的问题吧？他是一个善于管理健康的小说家。看他的食谱，我禁不住感叹："这大叔的自我管理可真吓人啊。"他主要靠海鲜摄取蛋白质，从不吃猪肉和鸡肉，偶尔吃牛肉（因为在神户长大，偶尔会迫切地想吃牛排。我很好奇，在村上的学生时代，神户真的有价廉而味美的牛排吗？）还有由豆腐和海带制作而成的沙拉、冷面和意面等，就着日式小菜吃饭。虽然他自己最喜欢蔬菜和低脂肪的海鲜，但他笔下的主人公却总吃快餐、可乐饼、汉堡、意面等，还经常喝酒（什么酒都行）。

　　如果感觉身体里的油脂稍稍多了些，村上春树就严格调整食谱，并做运动，以减少体内的脂肪含量。他爱运动，他曾说，就算是为了运动，也要减轻体重——真是独特的理论。他说自己是业余长跑者，每

札嘎其市场：位于釜山，是指从影岛大桥底下的干鱼市场至忠武洞早市区一带，是韩国最大的水产市场。

天都会坚持跑上至少一个小时，而在我看来，他分明已经过了业余这个阶段。他不但可以跑下全程马拉松，还能完成铁人三项，以及我从未听说过的100公里极限马拉松。读着他的《当我谈跑步时，我谈些什么》，我几次都忍不住暗想："啊，这人真是太可怕了！"他在采访中说要认真地管理自己的身体，以健康的体魄将写作持续下去。

2008年到2010年，我完成了两本书，同时进行着翻译工作。不得不承认，写作的确是个重体力活。对于长篇小说作家来说，运动和规律的生活是必不可少的。村上笔下那些前往另一个世界的人物也经常让自己的身体处于极限状态。《海边的卡夫卡》中的少年卡夫卡是这样，《1Q84》中的青豆也是这样。

村上春树说过：只要坚持运动，就可以维持运动开始时的状态。这句话一直刻在我的脑海里。

做料理也需要适当地锻炼，烹饪要长时间站立，而且压力很大。劳动和运动不一样，即使不停奔走也不能保证身体一定健康。曾有研究调查过全世界最不健康的职业，料理师榜上有名。为客人烹调健康美味的人却与健康无缘！去年年初，我第一次接受了个人专业训练，并学习了壶铃。运动并非一定要投入大量时间和金钱（例如跑步，只需一双舒适的跑鞋和一段平坦的路就行），只要坚持科学管理，就能拥有良好的体魄。和村上喜欢慢跑不同，我比较喜欢快速跑，以及依靠瞬间爆发力抬举重物之类的运动——刹那间将全身的力量集中到一起，然后猛烈释放出来，有种酣畅淋漓的快感。

村上春树遇上威士忌

/////

最接近灵魂、最能释放情感的酒

村上春树非常喜欢酒。他的文章里经常出现啤酒，很多人读完他的作品都会跑去买啤酒，这件事他自己也很清楚。他说自己如果到了啤酒国，一定会受到贵宾级接待。他还去过托斯卡纳的红酒庄园，也记录下了在希腊的一辆公车里，乘客和司机分吃起司后一起喝红酒的有趣时光。他喜欢和夫人在陌生的旅行地散步，然后提前吃晚餐，再喝杯酒。他也喜欢在荞麦面店自斟自饮鳍酒。跑完马拉松吃炸海鲜拼盘时，他还要大口大口地喝上杯啤酒。

不过他认为最接近灵魂、最能释放情感的酒，当属威士忌。晚上放上音乐，与音乐一同沉浸在自我世界中时，他会喝上一杯威士忌。他写过在威士忌原产地旅行的游记，怀念自己听着比莉·哈乐黛的音乐慢慢享用威士忌的样子。他的笔下，有酒吧里边喝威士

比莉·哈乐黛：1915 年 4 月 7 日出生，演员、编剧，且至今仍是世界乐坛上最有名的爵士乐歌手之一。1959年在纽约逝世。

忌边吐露自己秘密的女人，有用修剪整齐的指甲剥开开心果的轻快声音，还有冰块在威士忌里融化发出的轻响。和其他酒相比，威士忌就像那些洗练的音乐一样最能表达他的内心。

我也喜欢酒，写过关于独酌的随笔。在为杂志画报或专栏写稿时，比起一般料理研究者常写的那些早午餐或蛋糕，我更想尝试做一做各种各样的下酒菜或醒酒汤。我的家人都很能喝，但我是大学以后才开始喝的，之后酒一直是我最亲近的朋友。有时我能清晰地感觉到自己喝酒过于频繁，或是酒量过多，也会担心过于依赖酒精带来的慵懒感和对复杂情感的逃离感，却又常常难以自控。现在年纪大了些，我终于明白——套用村上春树的理论——就算是为了有更多的时间喝自己喜欢的酒，也要保重身体啊。

和朋友聚在一起喝酒自然不错，但完成一天的工作后自斟自饮感觉更棒。有时我会像村上春树一样放上一曲喜欢的音乐，悠然地转动酒杯；有时喝着酒，看完拖了很久的料理节目或纪录片。一个人慢慢地喝适度的酒，睡意来袭时就躺下。

我对酒的喜好并非一成不变。我以前喜欢口感较重的黑啤，而现在更喜欢口感清爽的储藏啤酒。还有像清酒或马格利这些用大米酿成的酒，我曾经能喝很多，现在却一喝就头疼，真是奇怪！至于烈酒，我也是最近几年才爱上的。我常喝日本烧酒，或去小厨房附近的中国餐馆喝高粱酒。

至于村上春树喜爱的威士忌，我并不太了解。妈妈有时会在家里做一些下酒菜，邀请朋友们一起喝"黄金峡谷9"或"芝华士"，还有看商标似乎比较贵的"皇家礼炮"和"百龄坛"等。我只听过名字，从没上过心。不过最近，我慢慢喜欢上了在单一纯麦酒吧喝上一两杯昂贵威士忌的感觉。我渐渐明白，威士忌的苦涩，并不适合。

在我看来，最适合喝威士忌的地方是在日本姐夫家。姐夫喜欢弹吉他和三味线，在他二层的房间里保存着他从小收集的吉他、唱片、各种演唱会录像带和DVD。房间不大，又很凌乱，但在寒冷的冬季夜晚，在那狭小的空间里，看着以前的表演录像或听着音乐，慢慢喝上一杯姐夫窖藏的威士忌，那感觉实在妙不可言。我们之间因为言语不通几乎没有对话，只要放上想听的音乐就好。一天的疲劳在音乐和酒香中消散。

有机会我也要像村上春树一样到威士忌产地参观，再制作一桶有着自己名字的酒。威士忌的世界很广阔，我没敢正式走进去。最近我经常拜托去济州岛的朋友给我捎"百富12"。我还听说班瑞克有款女孩子都喜欢的威士忌叫"斯佩塞之心"，以后有机会也要尝一尝。

这世上，要喝的酒真是太多了。

三味线：日本传统弦乐器，与中国的三弦相似。

我喜欢喝酒的地方和适合那里的酒与菜

回音小剧场对面那家年代悠久的酒吧"花"：杰克丹尼威士忌可乐和软软的烤明太鱼。

鸡尾酒吧"d-still"：极干添加利金酒马提尼。

东京涩谷"bar bossa"：凯匹林纳鸡尾酒和家制柠檬酒。

朋友的酒吧"鳄鱼"：安东烧酒和威士忌配甜辣炸土豆。

骊州农村家里：自斟自饮的烧酒配稍加烤制的葱泡菜和煮豆腐。

延南洞"刘"：烟台高粱酒配海鲜面、豆豉鱼和五香酱肉。

延南洞"西大门羊肉串"：辣羊肉锅配燕京啤酒。

"延南沙龙"：维也纳炒饭配青岛啤酒。

承载了瞬间回忆的音乐

/////

无法用语言形容的悸动

无法用语言形容的悸动

　　如果问身边的男士是否读过村上春树的小说，十之八九会说读过《国境以南，太阳以西》——不只是"读过"，简直是刻骨铭心。

　　这不是我读的第一部村上小说。我喜欢他的初期作品，那笼罩在文字间的无休止的孤独和前往另一个世界的奇幻感，在我看来充满了魅力。而这部小说因过于美丽，反倒像一个花架子。

　　每个人都在自己的认知范围内感知和接受事物。那个时候，我遇到了几个男人，无一例外地都对初恋念念不忘。或许是受此影响，我对《国境以南，太阳以西》的态度一直是比较疏离的。同时，20世纪90年代后期，爵士乐酒吧逐渐兴起，很多男人并不懂音乐，他们进酒吧，不过是为了给自己想勾引的女人买昂贵的洋酒。是否有表演？在播放什么音乐？他们统统不在意。对他们而言，音乐无非是个背景。那时，我是个小小的爵士乐迷，对他们这种做法感到厌恶。

　　现在回想起来，男人们在我面前大谈初恋也好，我用厌恶的眼神盯着那些在酒吧里不听演奏的人也罢，都只能说明，那时的我们还是涉世不深的孩子而已。

《国境以南，太阳以西》里，主人公初经营着一家"够档次"的爵士乐酒吧"罗宾斯·内斯特"（名字取自一首爵士乐，后来又开了第二家）。可以说，这是村上春树结合自己的经验，为主人公量身定制的酒吧。如果说这部小说有什么吸引我的，大概就是酒吧的氛围和音乐了。无论是艾灵顿公爵的《灾星下出生的恋人们》（*The Star-crossed lovers*），还是两位主人公小时候不断重复聆听的纳京高的音乐，都与故事情节和环境呼应得恰到好处。

顺便说一下，《灾星下出生的恋人们》——《罗密欧与朱丽叶》主题曲——收录于 1957 年发行的专辑《如此甜美的雷声》（*Such Sweet Thunder*），这是艾灵顿公爵以莎士比亚戏剧为主题创作的专辑。我喜欢爵士乐，也喜欢莎士比亚，所以这张专辑对我来说是个梦幻般的存在，也因此对艾灵顿公爵心生爱慕和无与伦比的崇敬。相比之下，柔和的纳京高就有些平淡了，然而正是普通到不能再普通的浪漫、离别、少许肉麻的美和甜蜜，使人感到真实。

但是，我必须要说——除了这家爵士乐酒吧和音乐，我一直觉得《国境以南，太阳以西》不是自己喜

艾灵顿公爵（1899-1974）：爱德华·肯尼迪·艾灵顿。20世纪最多产、创作形式最多样的作曲家、钢琴家，爵士乐史上最有影响的人物之一。曾获格莱美奖（13次）、普利策奖、美国总统自由勋章、法国骑士勋章等。

纳京高（1919-1965）：钢琴演奏家，男中音歌手，主要音乐风格是爵士乐、流行乐。

欢的风格。直到决定写这本书，我重读了搁置已久的《国境以南，太阳以西》，才开始理解登场人物尤其是男主人公，并有了新的感触。

或许每个人心底都会有一种朦胧的憧憬，说不清道不明，却又那么真切和挂念。人类情感之复杂，绝非哲学家或科学家可以解释清楚的。岛本、泉、泉的表姐，还有妻子有纪子，都曾让初感受到"吸引力"，那种无法用语言形容的悸动，或许是期盼已久的爱情，或许是本能的冲动，或许只是某种错觉。年少时我总觉得，一个男人怎么可以如此花心？如今渐渐懂得，不是所有的情感都说得出所以然。经历过"得到、失去、得到、失去"的反复，最后我们终要回到现实的沙漠中来。这是一个寻找自我的过程，是成长蜕变的过程，我们每个人都在经历着，而村上用更文艺、更浪漫，甚至可以说是更虚幻的方式表现了出来。

和初一样，在我内心深处，也有一个位置是属于过去的某个人的。我偶尔还会梦见和他重逢——倘若我们真的重逢，我一定会认定这就是缘分，是命运，我一定会坠入爱河。当我陷入狂想中时，就需要音乐来沉淀自己。

以前总觉得纳京高的声音过于轻柔，仿佛是在通过电话向另一个人温柔而平静地低诉。但现在，我从他的声音里听出了悲伤，以及只有过来人才有的彻悟和从容。声音温柔低沉的老主唱们并不是在无病呻吟，他们的声音里承载着对岁月的感悟。这声音对伤心的人来说是莫大的安慰。就像时隔很久才重新翻开这本小说一样，许多声音也需要重新聆听和感受。布洛森·迪儿莉也属于这一类。她是甜美的娃娃音，听上去很可爱，但诚如村上春树说，她的音乐"不适合小孩子"（第一次读《远方的鼓声》时，二十岁出头的我并没有明白这句话的意味）。有些事只有经过时光的涤荡才能慢慢理解。

再说点什么呢？

对了，爵士乐家克劳德·威廉姆森发售过一张钢琴三重奏的专辑，也是以《国境以南，太阳以西》为题的。在韩国卖过一阵子，现在再想买只能海淘了。

在这张专辑中，除了小说中出现的艾灵顿公爵和纳京高的音乐，还有一首原创歌曲，与初经营的爵士乐酒吧和招牌鸡尾酒"罗宾斯·内斯特"同名，无论是编曲还是演奏都很美妙。

不过这张专辑和村上的小说虽同名，但并无直接联系。奇妙的是，读着村上小说聆听这张专辑，往往产生一种蒙太奇式的时空错置的美感，仿佛村上式的淡淡的哀愁，都已升华为飞舞的音符。

• 国境以南 / *South of the Border*

这首歌在全书中出现两次：第一次初十二岁，和岛本在岛本的家里听唱片；第二次初三十七岁，和岛本在箱根别墅听唱片。这首歌给我的感觉是华丽而俏皮，就像年轻人无拘无束的性子。无论是少男少女之间微妙的感觉，还是中年男女回味青春时光，都和这首歌的氛围十分契合——带着朦胧而新奇的美感，以及独属于青春的悸动和幻想。

• 灾星下出生的恋人们 / *The Star-Crossed Lovers*

这既是罗密欧与朱丽叶的宿命，也是本书主人公的宿命。村上文字的魔力在于，用淡淡的笔触讲述深沉刻骨的孤独、无奈以及妥协。初对岛本难以忘怀，本质上是寻求一种认同，但最后，他不得不回到现实中来。而这，也是我们大多数平凡人的宿命。至少我这样认为。

• 罗宾斯•内斯特 / *Robbin's Nest*

这是初喜欢的一首古典乐，也是他经营的爵士乐酒吧以及他独创的一种鸡尾酒。*Robbin's Nest*，字面意思是"知更鸟之巢"。我觉得这里有一种隐喻。知更鸟又名"红襟鸟"，但蛋却是青色的。在读到有纪子开的是红色的切诺基时，我想起了岛本——她总是穿着绿色或蓝色的衣服，无论是小时候还是成年后。一个是名正言顺的妻子，一个是深藏心底的精神寄托式的人，恰如初的现实生活和内心世界。因此可以认为，初把自己置身于"罗宾斯·内斯特"，正是隐喻了他虽不得不以红色外衣生活在现实世界中，但他更愿意待在青色的内心世界——恰恰是在这个别人进不来的"知更鸟之巢"，他和岛本重逢了。

· 可拥抱的你 / *Embraceable You*

这是一首亲切而舒缓的曲子，起初每次听完，我的大脑都被清空了一般，不知道该写些什么。因此，将它作为背景音乐很不错，不紧不慢的节奏，使人感到放松。在这样安静缓慢的氛围下，岛本请求初带她去看河，那是一条清亮而急促的河。初看着岛本的脸，感觉"她和我之间，或许隔着无法想象的距离"。虽然岛本就近在咫尺，却无法真正拥抱。

· 装相 / *Pretend*

Pretend you are happy when you're blue, It isn't very hard to do.

十二岁那年，当这首歌的旋律响起时，初和岛本还是两个敏感的孩子，他们站在成人世界的入口，内心充满好奇和憧憬。岛本用"大人一般平静的声音"和初讨论着世界上那些能挽回的或不能挽回的事情，以及关于未来的设想。当这首歌的旋律结束，响起的是《国境以南》，于是一个梦幻而浪漫的未来世界在两个孩子面前展现开来。

而二十多年后，亲历过令人"大失所望"的现实世界的两个成人重新听这张唱片、这首歌，本质上是一种逃避。

• 随时光流逝 / *As Time Goes By*

这本是1931年一部音乐剧的配乐，被选为1942年的美国电影《卡萨布兰卡》的插曲，由黑人歌星杜利·威尔森演唱，取得了很大的成功，并成为经典。影片中，这首歌响起时，大多是男主人公看见女主人公的场景，伤感的眼神、伤感的爱情，配上这伤感的音乐，使人情不自禁地陷入故事之中。

在村上春树的小说中，岛本消失后，初让钢琴手别再弹《灾星下出生的恋人们》，钢琴手说："这可有点像《卡萨布兰卡》，老板。"之后再见到初，钢琴手会时不时弹起这首《随时光流逝》。

• 太阳以西 / *West of the Sun*

和《国境以南》相呼应，意味着结束，以及希望。

你的背景音乐是什么

/ / / / /

从披头士到雅那切克的交响曲

从披头士到雅那切克的交响曲

我曾沉浸在音乐的世界不能自拔，无论是学习的时候，还是玩耍的时候，我都疯狂地听着歌。喜欢的歌手出新专辑了，我就立刻去寻找。我不但加入了音乐社团，还逃学去音像店以及演唱会。后来一次偶然的机会，我从事了和音乐相关的工作——写乐评。我喜欢听音乐家的即兴演奏或独奏，还有用不同形式演奏的名曲。偶尔听到美妙的音乐就会完全沉迷进去，连写作这件事都忘掉了。不过老实说，把听音乐当成工作和单纯作为爱好是完全不同的感觉。

现在我已经不再那么疯狂地听歌了，感觉就像和相识多年的老朋友渐渐失去联系，虽有些遗憾，倒也不会紧抓不放。

我想很多人都有过类似的经历吧？无关音乐类型和音乐人，只是无意中听到一首曲子，突然就有种被箭射中心房的感觉。于是，之前对音乐并不上心的你开始搜索和那首歌相关的信息——音乐人、音乐类型、不同版本，然后你接二连三地发现中意的音乐，最后音乐成了你生活中不可或缺的存在。倘若听到一首熟悉的音乐，那么过去那些令你开心或伤心的回忆就会瞬间被唤起，也许你会在街角站上好一会儿，也许整夜单曲循环蜷缩着坐在那里痛哭。音乐带来的震动是那样的迅速而深刻。

当心灵和着音乐发出轻颤，我们更容易关注到自己。村上春树在随笔中曾提到聆听吉他这件事是多么珍贵，因为通过音乐，他感受到了自己的存在。深夜写作之余，他不是在酒吧工作，就是拿着酒杯听歌。音乐、演奏音乐的人、歌词、旋律和他的思绪缠绕缱绻，他享受这种感觉。

村上小说的主人公，或者说他的小说本身都有自己的背景音乐。孤独的主人公或独自一人，或与朋友一起听歌。虚无的关系、虚幻的场所，配上背景音乐才算完整，才能拥有生命力。

从披头士、海滩男孩、比尔·埃文斯，到雅那切克的交响曲，在村上春树的读者看来，音乐俨然是独立的角色，为了理解其中的深意，他们特意去听村上的选曲，还有专门演奏村上小说中出现的古典乐的音乐会、收录这些音乐的专辑（甚至和村上小说一起荣登销量榜）。当年二十出头的我痴迷于爵士乐和村上春树，每次读他的文章，脑海中都会自动描绘出场景和氛围。我常常一边看他的书一边听相关的音乐，在乐曲声中，主人公的样子变得清晰，仿佛现在都可以触摸到。

有人说《欲望都市》的第五主角是纽约，第六主角是时尚，那么我们也可以说，村上小说的主角除了人物，还有音乐、他们停留的特殊地点，以及美食。

我也有自己的背景音乐。

独自在厨房工作时，我的背景音乐并不是固定的。想让自己心情平静的时候就听巴赫（有时会把自己听困）。处理洋葱、苹果和蒜的时候常听普契尼——这几年比较喜欢的桑巴、巴萨诺瓦和其他一些拉丁音乐。想要提高速度尽快完成烹饪的时候，就连续听电子音和迪斯科。气氛好的时候就一个接一个地听舞曲梅伦格和巴恰塔，但也有副作用——我会不自觉地扭动身体，跟着音乐跳起舞来。（万幸的是我的厨房是个单间，否则让员工们看见我端着洋葱篮子踢踏踢踏、举着菜刀扭动屁股的样子，不知有多尴尬！）

写作时，我常听巴赫的平均律或奏鸣曲。在《1Q84》中，天吾和青豆轮流出场，这是以《巴赫：平均律钢琴曲集》第1、2册中的48首曲子的结构为基础的。

听说练习平均律能使左右脑平衡发展，不知是不是真的。反正当我听巴赫的曲子时，常常能感觉左右脑同时开工，助我完成写作这一劳动。我总感觉敲打键盘的声音就是从音箱里传出的钢琴或大键琴的声音。很多钢琴家都说自己通过巴赫的音乐找到了精神的沃土，并离神更近了一步，现在我能理解这种感觉。

HARUKI RECIPE

第 **1 2 3 4** 章
▲

路上的晚餐
跟着村上春树走

旅

/ / / / /

遇见百分之百的村上春树

遇见百分之百的村上春树

年轻时，村上春树一直以为旅行就是背上背包辛苦地前行。读书时他便结了婚，潦倒的村上经常和夫人一起徒步旅行，晚上就睡青年旅舍。他一直认为那就是真正的旅行。直到上了年纪，家庭状况也有所好转，夫人说不想再这样辛苦地旅行了，至少要住有热水、可以舒服地睡上一觉的旅馆。就这样，旅行的艰苦度稍稍有所降低。但就算辛苦，村上春树还是继续着他的苦旅，背上他的背包，感知陌生地方的习俗和美食。在收到相关写作邀请或是要积累新的经验时，他会背着背包前往墨西哥、开着车逛美国，甚至去过希腊的小岛，那里有一般人不会轻易前去冒犯的修道院。他吃不了中国菜，但还是去了中国，在那里觉得吃比萨的自己很可怜。墨西哥的饮用水不卫生，一吃东西他就要立刻奔向洗手间。

我不适合探险或者冒险，所以不会轻易尝试这种极端辛苦的旅行。我讨厌虫子，所以也不喜欢去热带雨林和山里。然而旅行不可能总是按计划进行，有很多瞬间，惊险到让我以为自己那时"真的差点死了啊"。

在从意大利博洛尼亚去往布尔迪西的路上，火车二等车厢已经没有座位了，我只好抱着背包蜷缩着。坐在我旁边的大婶吃了旁边的男人给的巧克力，之后所有行李都被偷了。

去希腊时，因为台风无法出海，在当地逗留了两天，渡轮才驶出港口。然而台风的余波使渡船晃荡得厉害，就像电影中出现的场景一样，为了保持平衡，所有的人都受了一晚上的罪。凌晨好不容易抵达雅典了，我却找不到旅馆，在台风中筋疲力尽，巴巴地等待天亮。

从智利的圣地亚哥到阿根廷，要经过安第斯山脉，我平生第一次出现高原反应，不停地呕吐，高烧不退，冷汗直流，到门多萨时整个人简直不忍直视。

为了换乘其他航班，我坐上了飞往巴拿马的班机。座位实在太窄了，而我旁边的夫妇身材魁梧，简直有三个我那么大，我不得不把座位让给他们。于是，我第一次在飞机上体验了站席。

类似的事情举不胜举，幸运的是都没有致命危险。我也奢侈地享受了很多美好的时光，例如在沙漠看长河落日，无所事事地坐在海边听浪，还去了可以品尝食材的市场。

旅途中遇到了很多人。在市区简陋的旅舍有很多背包客，他们准备了半年到一年所需的旅行必需品。当然，背包客不全是年轻人，也有不少爷爷奶奶。对于欧洲人来说，一生一定要进行一次背包旅行。背上背包漫无目的地四处游逛，这样才能让他们觉得人生是圆满的。在欧洲留学时，我还见过制定长期背包旅行计划的小朋友。在陌生的

旅途上相见的每个人都是平等的，大家都是旅者，也都做好了为彼此敞开心扉的准备。

背包旅行，顾名思义，只有一个背包，简单的装备让我明白什么才是人生中最重要的东西。回归日常生活后，我会变得更加勤快，生活也更加充实，我会想要再次踏上旅程。不管是去了名胜古迹还是博物馆，或是看了画展，都不重要，重要的是，旅行让我明白，对于整个宇宙来说，我们是那般渺小，可就是如此渺小的我们，创造出了这些文明，这又是多么伟大。每到一个地方，我都会有新的经历，新的体悟，新的成长。在这广阔的世界，感谢与我擦肩而过的每一个人。

独自旅行会让我不断回顾自己的人生，这种与自己对话的机会并不多。我要安排好自己今天在哪里睡觉，看什么，吃什么，如何前往目的地。我只需照顾好自己，对自己负责。尤其是当我厌倦了忙碌的日常生活时，我更加明白这种完全属于自己的时间弥足珍贵。坐在广场一角的咖啡店，听着教堂里傍晚的钟声，喝上一杯啤酒；或者一大早悠闲地坐在海边，直到傍晚太阳落到海平面的另一端，才抖抖身上的沙子，要烦恼的只有晚餐吃什么。

虽然会有不安，但这样的旅行赐予我战胜现实的力量。在远方，越是孤单就越在意自己，这让我再也无法停下脚步。

我曾立誓要逛遍全世界的超市，只要有机会，我都会出去转转，体验一下不同的文化。我还想走一走圣地亚哥的巡礼路（翻译圣地亚哥旅行指南时，因为自己没有去过，觉得有些心虚）。其实只要有人居住、有集市、有美食的地方，我都想去。不过我最想去的国家在中东地区，却因为战争无法踏足，因此感到遗憾。

每次一个人出发之前，我都是默默地准备东西，默默地制订计划，直到踏上旅程的前一晚，才告诉亲人和朋友。不难想象，换来的常常是反对和质疑。尤其是我的父母，他们从来都无法理解自己的女儿究竟在想什么。二十几岁时，我换了三四份工作，搅得他们心神不宁。回国后创业，我有了稳定的工作和收入，他们更是难以相信，女儿为何要抛下二老，独自坐三十几个小时的飞机去南美！

可是，谁能做到让所有的人都来理解自己？离开是为了更好地回来，更好地重新开始。

在英国学烹饪的时候，我曾想象自己回到韩国以后的生活——研究料理，然后给那些像我一样想了解并研究料理的人上课。但回韩国后，我遇到了很多麻烦。重新适应的过程中，我出了第一本料理书《专为食客准备的车侑陈实验厨房》，这本书虽饱含了我的热情，却很青涩。一年后，我幸运地贷款开起了自己的第一家实验厨房。我渴望和别人交流，与他人分享自己对料理的看法，现在机会终于来了。工作接连而至，培训、拍料理海报、为合作学校的学生讲课、为咖啡店做菜单顾问并提供餐饮服务，忙得不可开交。没错，非常忙。

表面上看，我这个留学归来的料理师正在一步步完成自己的梦想，事实上厨房的生意并不景气。首先，只要上网一搜索就有铺天盖地的食谱，成功的美食博客也比比皆是。我的课程会根据个人特点制定菜单，

从基础开始进阶式训练，但大家更喜欢在网上随便点击几下就能获得的简单食谱和上传到博客的家常小菜。没有人愿意静下心来学习和研究料理。

我不得不停下来。小厨房要休整，我的心也需要休整。我想成为随时可以为大家带来幸福和安慰的料理师。因此，我要去旅行，去逛遍全世界的集市，去用随心购买的食材烹饪。父母的反对、朋友的劝阻，都不能成为我放弃的理由。

2007年12月，我的旅行从智利开始，到2008年6月在西雅图"暂时"告一段落。我不知道何时才能全部完成，准确地说我不能确定下次旅行会何时开始，但我知道即使我为每个大洲都出了一本料理书，旅行还是会继续下去。旅行和人、文化和美食是我要用一生来学习和感知的事。

"这就是风雅！"

/ / / / /

村上春树说波士顿很特别

村上春树说波士顿很特别

我喜欢老式的东西，说白了就是怀旧。我向往那些古都、文明发源地、保留古代原貌的城市，还有文明发源地的美食和风土人情。我虽然没有在那些地方生活过，但光是想想都会心动。

村上春树做访问学者期间一直生活的波士顿，就是这样一座城市。他说过虽然其他城市也很好，但波士顿有其独特的美。

就美国而言，我想去波士顿、费城、底特律，还有南方的查尔斯顿。

去查尔斯顿的话就要顺路去趟作曲家科尔·波特的家，还要尝尝费城正宗的菲利起司三明治。

底特律虽然因为破产有些荒凉，但我想那里一定还保留着以前摩城唱片的光辉。

至于波士顿，我想去转转那里的大学、芬威球场、

科尔·波特（1891-1964）：美国著名音乐家，创作了包括《万事成空》《纽约客》《吻我，凯特》在内的众多百老汇剧作。

博物馆，还有伊莎贝拉·斯图尔特·加德纳博物馆。伊莎贝拉可谓有钱又有品位，她具有极高的艺术鉴赏力，收集了很多艺术珍品。她是世上最早的女性艺术赞助人之一。对她，我是既羡慕又惊讶。她的生活并不是一帆风顺的，最珍惜的画作也在她离世时被偷走，至今下落不明，但加德纳博物馆里的其他藏品也件件是珍宝。我觉得富豪的钱就是应该用在这些地方。

我想去波士顿，想在那里住一段时间。我曾想过去美国的烹饪学校进修，却因为无法取得短期就业签证而不得不放弃，但去波士顿的愿望从来没有消失过。2008 年，我在纽约待了三周，当时就在想是否要去一趟令我魂牵梦萦的波士顿，但最后未能成行。原因是我不想来去匆匆，走马观花。我要去波士顿悠闲地逛逛画展，晚上去看棒球；去喝世界上最烈的啤酒——塞缪尔·亚当斯·乌托邦斯啤酒；就算不能像村上一样跑马拉松，至少也可以快步疾走去体验一番波士顿的美景。

村上春树在美国生活时还走访了幽静的田园城市福蒙特。福蒙特有首著名的爵士标准乐曲《福蒙特的月光》。塔莎·杜朵也在这里住过。这里还有很多美食和优质食材，如以本杰瑞冰激凌为代表的丰富乳制

塔莎·杜朵（1915-2008）：美国著名的艺术家、插画家，凯迪克大奖及女王终身成就奖获得者。

品、苹果、枫糖浆。超市里常见的"福蒙特咖喱"就是源于这里——在含有苹果和蜂蜜的咖喱前加上了这个地区的名字。苹果和蜂蜜、奶油丰富的冰激凌，还有枫糖浆，这就是福蒙特的含义吧——流淌着奶和蜜的土地。喜欢宁静生活的人一定要来这里看看。

在墨西哥的瓦哈卡，我见到了一对在福蒙特当老师的情侣。共度的那几天，我告诉他们自己两三个月以后会去纽约，如果有机会一定去福蒙特看他们，可惜最终计划泡汤了。

到世界各地去游览

/////

哪里最适合写作

哪里最适合写作

　　十年后，我想在可以看到大海的地方盖所房子，养两只狗和一只猫，拥有一块小小的田地，种上蔬菜和香草，够我一人吃的就好。我还要到海边骑自行车，买渔夫们抓回来的鲜鱼。这就是我想要的生活。其实，旅途中我一直在找合适的地方，朋友们也给我推荐了不少。我认为最必不可少的条件就是保证我可以在家里舒适地写作。这一点很难判断，因为不抱着笔记本电脑写上两天试试，是不可能知道的。只有我和写作在一个频率上，才能开启写作之门，保证文思泉涌。大概就像只有九又四分之三站台才能通向霍格沃兹魔法学校一样吧。

　　村上春树也是那种对地点和行为是否相符很敏感的人。他小说里的场景都很具体，而且可以很好地表现角色特点。他自己更是为了写作到世界各地游览，写了很多以希腊诸岛为代表的游记随笔。写小说的时候，他怎么还有精力写随笔呢？最大的原因应该是他善于自我管理，又很勤奋。当然，我觉得还有一个重要原因是他在写小说的过程中，思绪不断发散，产生了写其他文章的冲动。按照时间计划写小说、运动，下午翻译或写随笔——标准的作家生活方式，极具效率，让其他作家都不禁感叹。

我也曾向专职作家努力过，可每次打开文档，就会不自主地乱写一通——与其说是写字，不如说是在清空大脑，然后又翻阅和自己文章毫不相关的其他书籍，将刚刚清空的大脑填满。不知道为什么每次都会这样，总之在我开始写作之后，就一直重复这个习惯。现在也是。我的书柜里塞着心理学和占星学的书，脑子里想的是另一本离截稿日期还很远的书。

哪里最适合写作呢？

看着以前旅行的照片和稿子，我思考着这个问题。

首先是经常下雨或阴天的地方，比如伦敦，我特别喜欢那里阴沉沉的天气。虽然洗好的衣服不容易干，晚上又有些阴冷，但能让我精神高度集中。去牛津大学游玩时，我在雨中逛遍了整个校园，不禁生出"这里太适合学习了"的感叹。我的房间又小又冷，但给我留下了十分美好的回忆。那时，我会把在学校实习时剩的食物打包带回来，一边认真地准备料理的理论考试，一边吃着加热的食物。阳光明媚的日子，我总想着去郊游或散步，根本无心学习，所以最适合学习的是阴天。

而在盛夏的南美，光是坐着写写简单的博客都热得慌，更甭说洋洋洒洒写长篇了。我只想去感受街道的火热，然后去广阔的海边休假。

　　南美之旅结束四个月后，我才在墨西哥重新开始写作。复活节休假结束，尤卡坦半岛清静了许多，但随之而来的是致命的酷暑。我一大早出门去集市取材，顺便买点简单的水果或饮品，然后回家倒头就睡。每天太阳落山后，民宿都会播放古巴音乐。这种气氛让我根本无心做事，只能听着特罗瓦喝加有柠檬的啤酒。

　　从尤卡坦半岛的梅里达转到瓦哈卡的时候，突然狂风大作，暴雨倾盆。民宿老板问我："旅行还能继续吗？"我突然想道在这里也可以写作。于是，我决定在瓦哈卡多待一段时间，以便完成我的文章。民宿在山腰，房间很宽敞，老板为我搬来了书桌和椅子。水果便宜，老板娘的烹饪手艺也一流。总之，空气中游荡着清新与惬意，还有介于都市的嘈杂和深山的寂静之间的安静。在瓦哈卡有三处著名的集市，除了逛集市，我都待在凉爽的房间里写作。晴天偶尔会比较闷热，这种时候我就去游泳，或者呆呆地望着从山底刮来的旋风。南美之旅中，有一半时间都是在瓦哈卡度过的。

　　至今，我都没有再遇到像瓦哈卡那家民宿那样适

特罗瓦：Trova，古巴音乐中将西班牙文学形式发挥到极致的一种民间诗谣吟唱。

166

合写作的地方。

西雅图也是不错的写作之地。我先从墨西哥经佩罗到达纽约，然后因分手过了三周不堪回首的腐烂生活，最后像废人一样去了西雅图。

西雅图是个多雨的城市，抵达的那天就下着雨。我住在朋友家里。痛定思痛，我决心忘记悲伤，以写作和美食找回自我。朋友在家时，我做了各种料理来分享；朋友去学校时，我就拿着笔记本电脑去大学附近的咖啡店，并在那里写作，然后去帕克市场买食材，晚上去欣赏爵士乐表演。西雅图有很多好的唱片行，我甚至还去跳了萨尔萨。

萨尔萨：Salsa，以古巴旋律为主的轻快舞蹈。

"TOP POT"是西雅图屈指可数的甜甜圈店，我喜欢在那里写上一天，然后走到家附近的越南饭馆吃上一份芒果豆腐沙拉和拌米线。对了，西雅图也有海，下次我一定要去海边写作。

现在你读到的这本书拖了很久，期间，我有两次说走就走的旅行，一次是在济州岛停留了两周，另一次是在快要完结时去了庆州。为了尽可能减少干扰，两次旅行我都选择住在朋友家或民宿（两家民宿的主人都和我一样在写作，或者做翻译和编辑工作）。济州岛的微风不断敲打窗门，就像大海的召唤，让我无法静下心来，总是忍不住跑到海边吹风。相比之下，在庆州写作更顺利一些。

我在想下次要不要在雨季时去趟东南亚，阴雨连天就不能出门了，而且那里的美食也不错。

村上春树的 PETER CAT

/ / / / /

在厨房里写故事

在厨房里写故事

1974 年，村上春树在国分寺经营起了自己的爵士乐酒吧 PETER CAT（店名取自他养过的一只猫的名字），三年后，夫妇俩又把酒吧迁到了千驮谷。那应该是村上春树至今为止中最静谧、最幸福的时光吧。

PETER CAT 白天是播放着爵士乐的咖啡店，晚上则成了酒吧。每天营业时间结束后，村上就在厨房里将音乐声调小，一笔一笔地将稿纸填满。想象这个场景，我就觉得非常有趣，同时很佩服村上——我是决计无法在厨房写出故事来的。

村上的处女作《且听风吟》就是在 PETER CAT 创作完成的。凭借这部小说，他荣获群像新人奖，从此正式走上了职业作家之路。

PETER CAT 1 号店（姑且这么称之）在国分寺。这是中央线文化圈的重要场所之一。这里洋溢着在当时看来非主流的氛围，诚如村上所说："当时在 PETER CAT 周边有许多有意思的小店，年轻人经常光顾。"例如教授瑜伽课的学院、贩卖手工制品的小店。聚集在这里的人们会编写发行自己的报纸。在当时的日本，爵士乐也是非主流文化的代表之一吧？

在国分寺经营 PETER CAT 之初，村上春树经常去纪伊国屋买食材。回忆起那段时光时，他说"那里的店员都非常漂亮"。我很好奇，纪伊国屋的东西又好又新鲜，但也很贵，一个经营爵士乐酒吧的年轻人为什么要到那里买东西呢？是因为只有那里才能买齐西餐所用的调料吗？（从村上文学中对西餐的描写可以发现，那时的日本有很多同一时期在韩国没有的食材，也有不少可以品尝到正宗西餐的地方。）莫非纪伊国屋能买到做洋白菜卷的月桂树叶或罐装番茄和牛至？我的眼前出现了村上春树的身影——他一边仔细分辨着摆满调料的架子，一边按照书中的菜谱试着做菜。

听说在纪伊国屋有家咖啡店，专卖村上春树作品中提到过的美食。这店址倒是选得妙，看来咖啡店的老板很了解村上春树都去哪儿买东西，莫不是他的铁粉？

如今在 PETER CAT 1 号店的位置上出现了一家内科医院；千驮谷的 PETER CAT 2 号店则成了一家名为"牙买加乌冬"的餐馆，既像饭店，又有点咖啡店的感觉。

以内科医院为中心，我逛了逛周围的小胡同。虽然不知道 20 世纪 70 年代的这里是什么样的，但我感觉现在这里小店虽多，却很冷清（当然部分原因是白天拉面馆和小酒屋都还不营业）。曾经那些有趣的特色小店和小店主人已经不复存在，小楼、街道都透着深深的凄凉之感。

在我出生前，村上就在这里经营着爵士乐酒吧，他边听音乐边亲手制作料理。如果我和他生于一个年代，也在这里开家小店的话，会是怎样一番情景呢？会不会和现在一样放着巴西音乐，每天熬制不同风味的浓汤，再用塔罗牌占卜一下呢？

一个伟大作家的起点

/////

作为见证的神宫前邮局

安西水丸和村上春树曾在原宿一起吃过咖喱。我找到了那家"GHEE"。旁边的建筑早已拆除，所以我费了很大的劲儿才找到，结果发现那里早已改头换面。男服务员们长得都很帅，正聚在店外抽烟。我假装给旁边的建筑拍照，待了三分钟。

要是咖喱店还在就好了！

转过正在施工的小楼，就看到了对我来说像圣地般的地方——神宫前邮局。村上春树在决定写小说后根据自己写作的分量和征稿截止时间锁定了群像新人文学奖。他把写好的小说原稿打上孔，装订在一起，然后打包带到了神宫前邮局。1982 年，他出道三年，在接受《群像》采访时公开了当时的情景。那是个下着毛毛细雨、有些凉意的午后，村上用雨衣裹好手稿去了邮局，好像在做什么不好的事情一样。

我在邮筒前站了好一会儿（虽然那会儿村上寄的是包裹，或许并未用到邮筒）。断断续续的旅途中，我见到过很多惊艳到令人无法呼吸的风景和建筑，也看过不少圣人的遗物和名人铜像，但那邮筒却给我一种截然不同的感觉——这是一个伟大作家的起点，我用我的双眼见证了这个开始，这是多么令人激动的事！即便现在回想起来，也仍觉得热血在澎湃。

我默默地在邮局门口站了三十分钟，然后去了千驮谷小学前面的"CURRY UP"，据说这里的厨师师承"GHEE"之前的厨师，我想味道应该差不多吧。

之前就听说这家咖喱店只播放雷鬼音乐（牙买加的一种流行音乐），如今来到这里果然如此。

说到雷鬼音乐和咖喱，我总觉得整家店都应该散发着大麻和多香果的味道。我对雷鬼音乐和拉斯特法里教（起源于牙买加等地的黑人社团的一支，信仰雷鬼音乐）并没有偏见，为什么会有这种联想呢？不过，这里的装修既清新又明亮，倒是让我颇感意外。

考虑了很久要吃什么，最后点了碎鸡肉和菠菜组合的咖喱，以及一小杯啤酒。首先端上来的是切碎的泡菜和啤酒，服务员还拿来了辣椒面和印度香料，告诉我如果喜欢吃辣可以加这些调料。很快咖喱就做好了。大盘子的中央盛有米饭，米饭一边是菠菜起司咖喱，另一边是加有碎鸡肉和豆子的咖喱。

咖喱非常好吃。味道不是正宗印度咖喱，但也不是用速溶咖喱块做成的日式咖喱，调料和食材的比例把控得很到位。菠菜和碎鸡肉里的调料有些许差异，这个双拼算是没有白点。

酒足饭饱后，我想去村上春树曾经居住的小区走一走，于是又回到了原宿，过了表参道，一直走到了神宫球场。神宫、青山、千驮谷都是村上小说及随笔中经常出现的地方。虽然不是购物区，但和韩国的清潭洞差不多。我悠闲地边走边看表参道 Hills 精彩的表演，坐在高级的露天咖啡座观察那些时髦的人。

走出表参道 Hills，再穿过派出所前面的小路，就可以看到村上春树以前经常光顾的咖啡店"大坊"。里面不允许照相，我只好用文字为大家描述一下。我点了滴漏式咖啡，可以随意调节咖啡与水的比例。上了年纪的老爷爷穿着黑色围裙，打着领带，精心为我制作了咖啡。室内虽然又小又暗，但看书的人、咖啡香气和陈旧的风格交织在一起……该怎么形容呢？非常有味道！好像自己成了敢死队的一员，在指定地点与陌生人相互问候，再点杯咖啡。人们小声交谈（在日本地铁或咖啡店没有人像韩国一样大声说话）。我庄重地品尝着匠人一滴一滴为我泡制的咖啡。我脚踩游客味十足的运动鞋，头戴帽子（是我去棒球场为自己喜欢的一支韩国球队应援的帽子），不过我更希望此时此刻自己穿着日常服装，拿本书坐在窗边的位置，静静地阅读一个小时，然后离开。

我选择了村上春树喝的 3 号浓度咖啡。"3 号"是 25 克咖啡原豆加 100 毫升水。口感顺滑，味道也不错，但对我来说微苦。（不过老爷爷，我还是全部喝掉了，谢谢您！）

遗憾的是，"大坊"咖啡店因拆迁问题，于 2013 年 12 月终止了营业。

接着，我去了几家村上春树经常光顾的小店，还在神宫球场看了

棒球比赛。在漫长的一天即将结束的时候，没有比喝上一杯香醇的鸡尾酒更享受的了。于是，我决定去《挪威的森林》中绿子和渡边相遇的酒吧"DUG"看一看。

下着毛毛雨的东京的夜晚，我在播放着埃里克·多尔菲的音乐的地下爵士乐酒吧，享用着伏特加汤力和开心果。在棒球场淋了雨又流了汗，坐在如此有感觉的爵士乐酒吧里，不免有些狼狈之相，但交谈、音乐、鸡尾酒，还有剥开心果的声音，都是那么的令人享受。这里太美，即使回住所的地铁就要终止一天的运行，我也愿意继续留下来。要成为一家好的爵士乐酒吧，需要具备的条件并不复杂——好听的音乐，还有能让音乐感染全身的气氛——但实践起来却是很难的。可以静下来听爵士乐的地方越来越少，这使得我更加舍不得离开。

准备结账离开时，我告诉同行的朋友我是来取材的——我要写和村上春树文学里出现的美食有关的文章。店员笑着说以后一定会有很多人看了我的书找来这里。

是吗？但愿吧！

村上春树决心成为作家的瞬间

/////

神宫球场的二垒打

神宫球场的二垒打

1978 年，村上春树在东京明治神宫球场观看养乐多燕子队和广岛队的棒球比赛。在外籍选手戴夫·希尔顿打出二垒打的那一刻，村上决定开始写小说。2011 年我去神宫球场时，养乐多燕子势头正旺，特别是林昌勇作为终结投手表现十分突出。虽然我看到过几次类似于"这次有可能成为冠军"这样的预测报道，可惜一直以来养乐多燕子总是与冠军失之交臂。我不是很了解养乐多燕子，但一直想去神宫球场看场棒球。在首尔时我就研究好了怎么买票，一到东京就买到了一张——当时只剩下三张。秋天，周日，又是主场比赛，能买到票实属幸运。巧合的是，就像村上春树决定写小说时一样，这次比赛也是养乐多对阵广岛！

前往神宫球场的小路非常有趣。我在韩国去过很多次棒球场，但从没见过球场附近有像酒类超市一样的商店，里面甚至有不少度数极高的烈酒，让我禁不住想这真的可以卖吗？我有点儿动心，本打算买上一小瓶凑凑热闹，但转念一想棒球场应该喝啤酒就忍住了。

沿商店一路上行，还有更加罕见的场景。有浑身散发着碳烤鸡肉串味的烤肉大叔，还有卖我最喜欢的煮毛豆和土豆沙拉的小店。路边摊排成一溜，饭团、烤荞麦面、章鱼丸子和御好烧，都是为在棒球场吃晚餐的人们准备的。我想把所有小吃尝个遍，但鉴于健康和经济的考虑，我压制住了冲动，只买了毛豆和方便拿在手里吃的炸鸡。不能和他人分享更多的美食，这是一个人旅行的遗憾之处。

　　伴着满街飘荡着的香味儿，我兴奋地走进了棒球场，哼着歌找到了自己的座位。虽然下着小雨，但现场座无虚席。人们情绪高涨，没有拉拉队长，只有DJ时而给出节奏，观众便跟着喊口号和运动员的名字。我也沉浸在主场作战的兴奋之中，举着啤酒杯（一坐下我就立马买了啤酒，什么品牌的都有，真叫人讶异）高喊道："加油加油！燕子！"

　　击球者一击即中或得分的时候，燕子队的球迷们便跟着DJ的口令做应援。所有的人都会撑着雨伞跳舞，就像花图中雨光一样。雨伞、日本歌曲，还有三拍子的舞蹈，场面十分有趣，令人忍俊不禁。想来是下雨的缘故，但凡燕子队的球迷，人手一把雨伞。因此，坐在我旁边的大叔很快就发现了我的与众不同——就

花图：韩国的一种纸牌游戏，48张牌分为12个月。

雨光：12月雨的代表牌，图案为一名撑伞的男人。

我没有伞。于是我承认自己是韩国人，顺便询问这舞到底是什么意思。他告诉我是日本中秋节时跳的传统舞蹈。这倒是个不错的主意。但一想到在韩国的球场上齐跳凤山假面舞的场景，我又放弃了这个念头——若真跳起来，定会打到球迷。

第一轮结束，广岛队领先获得 1 分。燕子队紧追不舍，终于在第五轮得到 2 分。但燕子队始终落后 1 分，还出现了两次双杀。莫非燕子队又要与冠军失之交臂了？没想到第八局出现了平分。最后，"胜利的化身"林昌龙出场了。关键时刻派他出来，场上气氛无比热烈。旁边的大叔激动地向我大喊："林昌龙出来了！"他大概以为我是林昌龙的球迷。

第一局燕子队严防紧守，双方都没有得分。我以为要加赛，没想到出现了连续上垒，最终燕子队以告别安打取得了胜利。人们在雨中狂欢，似乎要把整个球场掀翻。我身边的大叔和他的儿子（也许是侄子）激动地边跑边叫。我学会了"告别安打"的日语叫作"さようなら，あんだ"，同时告诉对方韩语的说法是"끝내기"。

凤山假面舞：起源于黄海北道凤山郡一代的假面戏剧，属于山台都监系统剧的分派，1967年被认定为国家非物质文化遗产第17号。

"火热的东西也不坏"

/////

高岛屋百货商店

高岛屋百货商店

地铁站和百货商店之间的地下通道还没有开门。入口周围的座椅上，等待商场开门的老奶奶们穿着优雅，低声交谈着。门一开，我就走向电梯。目的地是楼顶天台。

《挪威的森林》中，绿子和渡边的"绝交期"结束后，他们在这儿的地下食堂吃完饭，然后上到楼顶告白。在村上春树的所有小说里，我最喜欢这个场面。当年二十岁的我也曾期待拥有这样的爱情。

两人上了楼顶。

> 我把伞放在脚边，淋着雨紧紧地搂住了绿子。只有车驶过高速公路的声音，像雾一般笼罩着我们。雨不停地静静落下，我和绿子的头发早已被淋湿，雨滴像泪水一样顺着我们的脸颊滑落。她的棉夹克和我的黄色风衣湿了之后，颜色也加深了。

多么美好的画面。即使过去二十多年了，我也仍清晰地记得初读这一段时的感受，以及在我脑海中浮现出的场景。电影版《挪威的森林》将背景换成了雪天，令我有些生气。雪固有雪的意境，但过于清冷和安静，似乎更适合直子；只有"无声无息、执着地下个不停"的雨能衬托绿子的生机与灵动——即便成为落汤鸡也要在雨中拥吻。

天台空无一人，安静而干净。

这里有为吸烟者准备的烟灰缸和长椅，绿化做得也很到位。以前通过楼顶的楼梯还能再上一层，可以用望远镜远眺，但现在已经没有了。我欣赏着美丽的盆栽和为即将到来的万圣节准备的花房，然后在天台一角的迷迭香花坛边找了个地方坐了下来。

"要是能下雨就好了。"

我这样想着，悠闲地抽起烟，但这悠闲很快就消散了，取而代之的是怅然。没有下雨，喜欢的人也不在身边……但我心里又很明白，即使下雨了，即使他在这儿，我们也不可能像渡边和绿子那样浪漫拥吻——因为我喜欢他，他却不知道啊。若在以前，想起暗恋的心酸，我便忍不住泪流满面。但在高岛屋百货商店楼顶天台上，我却意外地平静了下来：不必抱怨，一心一意地喜欢一个人，也许会有好的结果——或在一起，或彻底放弃。

"火热的东西也不坏。"

绿子这样说。

爱就是如此。

《挪威的森林》主人公们的散步路

/ / / /

故事从四谷站开始

故事从四谷站开始

　　一年未见的渡边和直子在电车里偶然重逢了。中央线上于是有了新的故事。

　　两人在四谷站下了车，接着开始了漫无目的地散步。

　　清晨"劈里啪啦"断断续续下着的雨，到上午就已经完全停了。原本低垂阴沉的雨云，似乎被南边吹来的风带走，消失得无影无踪。鲜绿的樱花树叶随风摇曳，在阳光下闪烁着。太阳的光线透露出初夏的气息，擦肩而过的人大多脱去了毛衣和外套，或搭在肩头，或挽在臂上。周日午后那温暖阳光的爱抚下，每个人都显得格外开心。

　　这是5月的一个周日，本是个明媚欢快的午后，然而"我"和直子却保持着一米的距离，一前一后安静地走着，偶尔聊上几句，也不热烈。两人一路途经市谷站、饭田桥、九段下、神保町、御茶之水、本乡，最后到了驹込。"到得驹込，太阳已经落了，一个柔和温馨的春日黄昏。"这时直子才突然反应过来似的问了句："这是哪里？"但其实，她并不在意自己究竟走到了什么地方，所以当渡边告诉她"驹込"时，她也只是自言自语似的说了句"怎么走到这里来了"，然后两人去了附近的一家荞面馆吃东西。

每次读到关于直子的部分，都感觉特别安静，或者说冷清，仿佛周围的一切：空气、树木、长椅、道路、人……都变得透明起来。

我背着包，一个人走在他们走过的路上。这是 10 月的一个午后，东京暑气未散，连风都是热的，但我内心却渐渐平静下来。

地铁从江对面的铁轨上疾驰而过，远处是高低不同的公寓和住宅。有人在江上的养殖场上钓鱼，有人像我一样慢慢沿江走着，也有人戴着耳机在跑步。高楼、江水、树木、人相互呼应。20 世纪 70 年代，这个地方想来更安静，更适合散步。

神户之行

/ / / / /

遇见兔子亭可乐饼

遇见兔子亭可乐饼

　　神户不能说是村上春树的家乡，不过阪神大地震后，他搬到了神户附近的西宫，二十岁前都是在那里度过的，学生时代还常去神户的三宫玩。他不止一次在随笔中赞美神户牛排之美味。

　　喜欢村上的人一定要去一趟神户以及西宫，那里有太多关于村上的故事。在从韩国出发之前，我就已经规划好了路线：先去寻找电影版《且听风吟》的 J's bar 取景地 HALF TIME；然后去神户的中华美食街转一转（尽管村上不喜欢中国料理）；最后去六甲山牧场（这里和村上的关系似乎有些勉强，不过或许村上就是在六甲山牧场望着羊群而创造出了羊男呢）。

　　把行李寄存在大阪市区，我直接坐上列车前往神户。列车上就我一人，窗外景色荒凉，赶上阴天，海水看起来又昏暗又浑浊。这里原来就这样，还是地震后变成了这样？神户可是日本最早开放的港口之一，很早就受到了西方文化的影响，本该是个充满活力的地方。然而眼前的神户却是灰色的。

列车在无人居住的荒凉地区靠站，就像身处寂静的太空站一样。一出站我就坐上了公车，前往北野异人馆，据说这里有所有美好的东西。首先让我感到眼前一亮的，是众多仿古的欧式建筑。我边走边看，将途中感受到的阴暗丢在脑后，直到太阳落山。

然后，前往唐人街，日本人叫"南京町"。这是日本最有名的三大唐人街之一，另外两大唐人街分别在横滨和长崎。

据说，南京町有着一百二十多年的历史，如今，这里有一百多家中国餐馆和杂货店。古色古香的中国建筑，和之前看到的欧式建筑有着全然不同的美感。走在街上，耳畔时不时传来中文，作为韩国人的我身在其中，感觉非常奇妙。

来神户本该先尝尝地道的神户牛排，但既然到了南京町，似乎吃中国料理更适合。于是，我转了很多卖台湾萝卜糕和各种饺子的店铺，最终选择了一家人最多的餐馆坐下，要了一屉小笼包和一瓶啤酒。

然而这顿饭吃得并不顺心。或许是冻得太久了，小笼包的底部紧紧地粘在笼子上，筷子一夹，皮儿就破了，肉汁流出来，滴到桌上。更甚者，肉馅儿最中心的部分居然是凉的，显然是没蒸透，怎不叫人郁闷！

为了让自己平静下来，我连啤酒都没喝就走出了餐馆，重新回到南京町的入口处，从头开始仔细观察，最终找到了一家令我眼前一亮的饭馆——"神户可乐饼"。

在随笔《"兔子亭"主人》中，村上春树写了一个关于可乐饼的完美"谎言"，以至于但凡读过这篇文章的书迷都会对完美的可乐饼产生幻想。

两个蛮大的可乐饼放在盘子里端了上来，无数粉粒蹦蹦跳跳地向外探着头，油"滋滋"地向内侧钻去，或许将它称作艺术品也不为过。用杉木筷分出一小块放入口中，将外面的油面渣"咔嚓"嚼出一声脆响，里面包着的松软的土豆泥和牛肉，却像是热的要融化了一样。除了土豆和牛肉——散发着令人抑制不住想要和大地亲吻的香气的土豆（并非夸大其词）以及经过主人精挑细选并经过大刀细细剁碎的牛肉——以外什么都没有。为了让人充分感受食材的原滋原味，调料的用量便如蜻蜓点水一般。如果觉得味道偏淡，可以淋上店里自制的酱汁。酱汁装在一个大罐里，可以用汤匙舀出来淋上。这酱汁实在妙不可言，里面还有切碎的冬葱。酱汁的味道奇特得难以形容，但绝无异味，吃了还想吃。

这段关于可乐饼的文字可谓"色香味俱全"，看得人垂涎三尺。可惜村上为了避嫌——用他自己的话说：一来觉得那样做显得有些自以为是，二来担心介绍不好会给店里带来麻烦——只说这家店在他家附近，却未说具体地址和电话。每遇到一家可乐饼店，我都会买上一个，几天下来，吃了不下十个，却始终未能找到心目中的"兔子亭可乐饼"。

离开前，我在一家不起眼的小店用餐，见菜单上有可乐饼便要了一份。原本并没有特别期待，然而一端上来，我在心里就认定："啊，就是它！"油"滋滋"地响着，外焦里嫩，一口下去，土豆泥和牛肉的香味霎时间充满整个口腔，并随着呼吸和血液沁入每一个细胞。以前吃过的可乐饼是什么味儿？我全然不记得了。离开小店后才突然想起来，啊，要是有"兔子亭"主人自制的沙司就更完美了。

我妈妈也喜欢可乐饼，不过她喜欢的是配上土豆泥和用番茄酱与蛋黄酱拌过的洋白菜丝，然后将饼炸得厚厚的那种。我的小厨房也做可乐饼套餐，比神户可乐饼稍大一些，配上满满的洋白菜，为了让洋白菜的口感更香甜，切丝后要在冰箱里放一天。然后放上玉米沙拉。不要加酱料，也不要撒其他东西。花蛤酱汤要熬出清淡的感觉，所以要用白色的味增酱。还有一种更简单的做法，和你分享。

自制可乐饼

◇◇ 材料

土 豆：	2个	黑胡椒：	少许
玉 米：	半根	面 粉：	适量
肉 末：	50克	面包屑：	适量
黄 油：	5克	鸡 蛋：	1个
盐：	少许	橄榄油：	适量
洋 葱：	1个		

◇◇

做法

1. 备用：土豆去皮切成小块，洋葱切成小颗粒，玉米粒煮熟，肉末用盐腌制，鸡蛋打散。

2. 将土豆放入锅中煮至熟透，取出压成泥状。

3. 炒锅放少许油，将肉末炒至变色，倒入洋葱和玉米粒炒匀，加少许盐和黑胡椒粉，制成馅料。

4. 将炒好的馅料和土豆泥搅拌均匀。

5. 将搅拌好的土豆泥捏成饼状，依次过面粉、蛋液、面包屑。

6. 在锅中倒入橄榄油，能没过可乐饼，烧至三四成热，放入可乐饼，炸至金黄酥脆。

7. 出锅，配上自己喜欢的酱料和佐菜就可以啦。

后 记 ～～～

这本书比我预想中多花很多时间，从写作到出版，好几次我都想放弃。尽管有写专栏的经验，也做些翻译工作，但对这本书写得好不好，我是一点儿信心都没有。不过倘若无法得到读者的认可，我想我会伤心难过的。

当初出版社约稿时，我可是兴奋得欢呼雀跃，而当真正要动笔了才发现，总有些无形的东西在阻挡我。或许和性格有关，我并不是那种能够一坐就是一整天、两耳不闻窗外事的人。尤其是最初一段时间，我总是无法集中注意力，常常感到脑袋发昏、手心出汗。写作和料理可是我喜欢和熟悉的事呀，为什么做不好呢？有一段时间，苦闷的我以身体不适为借口中断了写作，后来当我再次拿起笔时，发现事情变得更加棘手了。这就像长久缺乏锻炼的人突然投入运动，从而引起肌肉撕裂一样。

我放弃了之前写的稿子，开始重新整理思路，最后我发现，制约自己写作的最大因素是担忧——村上春树可是世界闻名的大作家，每次推出新作都有村上迷熬夜排队买书，要写和他有关的东西，怎么能草率呢？说得不好、不对，岂非对村上及其作品的不尊重？

可我不是评论家，也不是研究者呀！我只是一个喜欢村上文学的料理师。我想要写村上和美食的故事，仅此而已。于是，我决定抛开条条框框，想到哪里写到哪里，管它好坏对错呢！先把想说的话都写

下来，再进行整理和补充。由此，这本书的雏形便诞生了。

　　写作期间，我得到了很多帮助。我首先要感谢并送上问候的是东旭。我们幼时相识于日本爵士乐社团，现在依然保持着联系。从计划村上春树之旅到我写作这段时间，无论是制定路线，还是翻译整理资料，只要是需要日语的地方，他都会帮我，一句"谢谢"实在无法表达我的感激之情，但我还是要说"谢谢"。例如中央线文化那部分内容，如果不是他，我根本不会知道，自然也写不出来。

　　期间我曾两次抛下小厨房去旅行，因此我要感谢我的小伙伴们，同时也要对他们说声抱歉。

　　我还要衷心感谢和我一样的村上迷——作家林京善，她一直鼓励我，还有为我画插图的作家许京美。

　　当然，必须要感谢摩羯座 A 型血的村上春树先生。

　　谢谢你，坚守在自己的位置上，严格地进行自我管理，并对自己热衷的事情坚持不懈。这给了我莫大的精神鼓舞和生活榜样。我一直在向你学习，期待有一天也能够像你一样有规律地生活、写作、制作美味的料理。

摩羯座 A 型血"胖孙女"车侑陈